U0519532

北宋名家词解读

谢桃坊 著

四川文艺出版社

图书在版编目（CIP）数据

北宋名家词解读/谢桃坊著. —成都：四川文艺
出版社，2021.6
ISBN 978-7-5411-6008-0

Ⅰ．①北… Ⅱ．①谢… Ⅲ．①宋词—诗词研究—北宋
Ⅳ．①I207.23

中国版本图书馆 CIP 数据核字（2021）第 093485 号

BEI SONG MING JIA CI JIE DU

北宋名家词解读

谢桃坊 著

出 品 人	张庆宁
责任编辑	张亮亮
封面设计	叶 茂
内文设计	史小燕
责任校对	汪 平
责任印制	崔 娜

出版发行　四川文艺出版社（成都市槐树街 2 号）
网　　址　www.scwys.com
电　　话　028-86259287（发行部）　　028-86259303（编辑部）
传　　真　028-86259306

邮购地址　成都市槐树街 2 号四川文艺出版社邮购部　610031
排　　版　四川胜翔数码印务设计有限公司
印　　刷　四川华龙印务有限公司
成品尺寸　140 mm×203 mm　　开　　本　32 开
印　　张　7.75　　　　　　　　字　　数　180 千
版　　次　2021 年 6 月第一版　　印　　次　2021 年 6 月第一次印刷
书　　号　ISBN 978-7-5411-6008-0
定　　价　45.00 元

附注

√① 柳永《乐章集》原为九卷（见宋人陈振
孙《直斋书录解题》卷二十一），明代汲古阁刊
本为《柳屯田乐府》三卷（橅陶本反倒此小颠倒），
明末毛晋汲古阁刊本《乐章集》连三卷为一卷。
《四库全书》亦据用毛晋本分卷。毛晋原校本因
分为三卷，又续添曲子一卷。近世词家唐圭璋
用毛晋毛校本收入《全宋词》，词共二百余
首。唐圭璋《全宋词》所辑柳词六首，另有
为二百一十二首。

√② 见唐圭璋：《柳永事迹新证》，《文学
研究》1957年3期。此外，关于柳永生年，陈
保以为生于公元990年（《中国词史》第626
页，1957年作家出版社）；林锡彦以为"大约
生于雍熙元年（984）或更早一些时候"（《柳
永生年小考》，《福建师大学报》1981年第4期）；
李国庭以为"尽在公元980年左右"（《柳永
生年及行踪考辨》，《福建论坛》1981年5期）。
在没有可靠的论据之时，本书大致据用唐圭璋
的考订。

√③ 关于柳永登第的时间，宋人记述多有
歧异：王辟之以为在真宗"景祐中"（《渑水燕谈
录》卷八）；叶梦得以为在"景祐中"（《石林燕
语》卷六）；吴曾则谓"景祐元年登第"（《能

作者手稿   218

序言

我在西南师范学院读书时便志于写一部宋词史，而且草成了初稿，当然那是很幼稚的。自二十世纪八十年代之初从事中国古代文学专业研究以来，又准备写词史，但发觉这并非易事。因为学术性的专史不是常识的简单罗列，要求对宋词有全面而深入的认识，尤其对著名词人更应有认真的探讨。这样必然会遇到各种各样的学术疑难问题，而又理应逐一解决，此外似无其他捷径。后来知道词学界已有词史新著即将完成，我遂放弃原有计划，决定选择宋代最有特色和影响的著名词人进行研究。这样，我既可集中精力，又可避免某些客观条件的局限。近十年来，在研究过程中陆续发表了关于宋代词人事迹考述、词集辨证、作品赏析、作家评论及宏观思考的系列论文。

关于两宋词名家的选择是我颇为踌躇的，也是词界师友最为关注的。宋代有词作传世者共一千三百余家，其中可称为名家的不少。宋季词人张炎于宋亡后撰著的词学专著《词源》，于序言里谈到"旧有刊本《六十家词》"，这应是两宋较有影响的名家词集汇编，但早已佚，无可详考了。明代毛晋重新编集了《宋六十名家词》，而实为六十一家，分别是：晏殊、欧阳修、柳永、苏轼、黄庭坚、秦观、晏几道、毛滂、陆游、辛弃疾、周邦彦、史达祖、姜夔、叶梦得、向子諲、谢逸、毛开、蒋捷、程垓、赵师侠、赵长卿、杨炎正、高观国、吴文英、周必大、黄机、石孝友、黄升、方千里、刘克庄、张元幹、张孝祥、程珌、葛立方、刘过、王安中、陈亮、李之仪、蔡伸、戴复古、曾觌、杨无咎、洪瑹、赵彦端、洪启夔、李公昂、葛胜仲、侯寘、沈端节、张榘、周紫芝、吕渭老、杜安世、王千秋、韩玉、黄公度、陈与义、陈师道、卢祖皋、晁补之、卢炳。由于宋代文献在元代大量散佚，毛晋在搜集过程中"随得随雕"，以致如张先、贺铸、李清照、周密、王沂孙、张炎等名家词，都因客观条件限制而未曾收入。毛晋确定的名家是广义的，严格说来这六十一家之中有的是不配称为名家的。清代冯煦编《宋六十一家词选》，他是同意毛晋所列之名家的。近世词学家龙榆生的《唐宋名家词选》，选宋词六十九家，选取的标准虽然比毛晋恰当得多，而仍过于宽泛。在宋词里虽然名家很多，但真正可称为大家的毕竟较少，而堪称为我国文学史上古典作家的就更少了。如刘毓盘说："究之宋人之词，与唐诗相等，荆璞隋珠，俯拾即是，其成名家者多，其成大家者少耳。"[1] 清代周济编的《宋四家词选》，选了周邦彦、辛弃疾、王沂孙、吴文英四家，以"领袖一代，余子荦荦，以方附庸"（《宋四家词选目录序论》）。戈载的《宋七家词选》，选周邦彦、姜夔、史达祖、吴文英、周密、王沂孙、张炎为七大家。这两个选本所选之名家又过于狭隘，侧重于南宋词人，具有明显的艺术偏见。近世词家陈匪石于1927年编著的《宋词举》，"方有宋十二家之拟议"[2]，选了北宋六家：

① 刘毓盘《词史》第107页，上海群众图书公司，1931年。
② 陈匪石《宋词举》，正中书局，1947年。

柳永、苏轼、晏几道、秦观、贺铸、周邦彦；南宋六家：辛弃疾、姜夔、史达祖、吴文英、王沂孙、张炎。后来他又有所修正，以为"十二家之甄选，乃二十余年前之见解。近来研讨所获，略有变更。以史达祖附庸清真，有因无则。而北宋初期，关于令曲已开宋人之风气，略变五代之面目者，则为欧阳修。且欧阳公近体乐府慢词不少。其时慢词虽未成熟，而其端已由欧阳发之。爰拟南宋删史，北宋增欧阳。南宋五，北宋七，仍为十二"（《声执》卷下）。近世词曲家吴梅在《词学通论》里论北宋词时列举了晏殊、欧阳修、柳永、张先、苏轼、贺铸、秦观、周邦彦八家，论南宋词时列举了辛弃疾、姜夔、张炎、王沂孙、史达祖、吴文英、周密七家。他以这十五家为两宋词坛的领袖[①]。陈匪石所举十二家，除晏几道而外，其余十一家都见于吴梅所列十五家之内，若加上小晏则共为十六家。他们确是宋词名家，但也并非十分完善，例如李清照是特出女词人而未列入，而史达祖则已为陈匪石所舍弃。尽管如此，陈匪石和吴梅关于两宋名家词的确定，至今仍颇为词学界所认许的。

我所选择的两宋词家是晏殊、柳永、欧阳修、苏轼、周邦彦、李清照、辛弃疾、姜夔、刘克庄、吴文英、王沂孙、张炎，共十二家。这与吴梅的十五家略有出入：略去张先、秦观、贺铸、史达祖、周密，增补了李清照与刘克庄。所略去的五家虽然也是名家，但他们在词史上的影响并不是很大，有的则是缺乏独创的艺术风格。这种种原因不宜于此详加评说了。就这十二家词人而言，他们都是优秀的词人，或者可以称为大词人的。北宋晏殊上承五

---

① 吴梅《词学通论》第7章，商务印书馆，1933年。

代词之绪余，而又有新的艺术特点，不愧为北宋倚声家之初祖。柳永创作了大量长调作品，为长调的发展开拓了道路，其词表现了新兴市民阶层的思想情绪而深受广大民众欢迎。欧阳修是北宋诗文革新的领袖，对词体作了革新的尝试。苏轼继欧阳修以诗为词，使词体革新取得成功，开创了豪放词风，改变了传统词的面貌。周邦彦在艺术上是北宋婉约词的集大成者，标志词的艺术技巧达到了非常成熟的阶段，北宋后期的文学主潮在其词中得到鲜明的体现。李清照是我国著名的女词人，提出了"词别是一家"理论，其创作丰富了宋词的思想内容和艺术表现技巧。以上六位词人在北宋词的发展过程中都是有重大作用的。他们分别体现了各个历史时期的社会审美理想和艺术的价值取向。

我在治学过程中往往好尚新奇，喜以偏胜，但凡属所论及的范围都是经过艰苦探索的，而且希望持以真诚的态度。因此，本稿关于宋词的论述，如果不够全面、系统和周详，则祈读者谅解。我相信大多数的读者仍然喜欢颇有个性的论述，哪怕它稍为失之褊狭，毕竟其中含蕴有新的东西，能见到一种学术追求。

此稿是我在二十世纪八十年代写成的，历时数年，曾编入《宋词概论》，今出版社为适应读者之需特为刊出。当时我精力旺盛，正值带着热情专注研究宋词之际，写出之稿可以体现时代的学术思潮。时过三十余年，老大意拙，艺术感觉迟顿，再也写不出宋词解读之文了。

谢桃坊

2021 年元月 5 日于奭斋

目　录

晏殊及其词

一

　　当北宋社会升平、经济文化得到恢复繁荣之时，诞育了一位天才的文学家晏殊，宋词的序幕是由他揭启的。与晏殊同时代的大词人还有柳永和张先。柳永的生年不可确考，张先约长晏殊两岁；但晏殊少年得志，青云直上，其创作活动早于柳永和张先，而且继西昆诗派领袖杨亿、刘筠之后成为文坛的重要人物。从他称柳永为"贤俊"（门生之嘉称，见《画墁录》卷一）和张先为其词集作序（《四库全书总目》卷一九八）的情形来看，其实际创作活动是很早的。清人冯煦认为：晏殊为"北宋倚声家初祖"（《蒿庵论词》）；近世词曲家吴梅也说："宋初如王禹偁、钱惟演辈，亦有小词……虽有佳处，实非专家，故宋词应以元献（晏殊）为首。"（《词学通论》第 68 页）因此，可以认为：晏殊是宋词史上第一位真正的词人。

二

晏殊，字同叔，谥元献；生于宋太宗淳化二年（991）；抚州临川（江西临川县）人。他的高祖晏墉于唐末咸通中进士第，自此宦居江西，曾祖晏延昌始迁居临川县。从曾祖至父亲晏固，三世都不显达，到了晏殊才重振家声。晏殊是属于那种早熟的天才，七岁时便因学识与文章出众而被推为乡里的神童。宋真宗景德元年（1004），张知白巡视江南，探访得知晏殊，遂以神童向朝廷推荐。次年三月，宋真宗亲自廷试，赐晏殊同进士出身，授秘书省正字，以便让他在皇家书库内继续读书深造。这年，晏殊才十五岁。从此，晏殊深得真宗皇帝的赏识和爱护，迁太常寺奉礼郎、光禄寺丞，经学士院考试而授集贤校理，迁太常寺丞、入史馆、知制诰、判集贤院，三十岁时便官拜翰林学士。他曾作了许多歌颂升平祥瑞的词赋，如《东封圣哲颂序》《大酺赋》《河清颂》《惟德动天颂》等。他同杨亿、刘筠等都是真宗皇帝的文学侍臣。在翰苑与词林的良好环境里提高了晏殊的文学修养，发展了文学才能。他是当时文化高涨中培育出的正统文学的优秀人物。我国历史上有过不少的神童，大都如一朵过早开放的空花，转瞬就陨落了。晏殊在北宋治世的环境里避免了许多神童可悲的命运，而是在政治上和文学上都结出丰硕的果实。

乾兴元年（1022）二月真宗去世，仁宗赵祯即皇帝位，次年改元天圣。这时晏殊三十四岁，各方面都趋于成熟，遂开始了真正的政治生命，卷入风云变幻的政治斗争里去。从总的仕宦情况来看，晏殊的地位在仁宗朝仍是逐步上升的，位居宰相，终至显达，但其间不是没有波折的。第一次政治挫折是因仁宗初年上疏论张耆不可为枢密使，忤逆刘太后意旨。刘太后微贱时张耆有恩于她，后来她得到真宗皇帝的宠幸，并在真宗去世之后暂时主持军国重事，遂大大升迁张耆。晏殊认为像张耆这样的庸才，可以享受富贵，却不可居军国要职。他的疏论表达了朝臣对于佞幸的公愤，而却因此被罢去枢密副使，以刑部侍郎出任应天府（河南商丘）知府。第二次政治挫折是在明道二年（1033）刘太后死后，晏殊受命撰写志文，据实以书，未言刘氏诞育仁宗赵祯之事——仁宗实为李宸妃所生，当时尚是宫廷秘密，连仁宗也还不知。因此触仁宗之怒，罢去晏殊参知政事之职，以礼部侍郎出任亳州（今属安徽）知州。第三次政治挫折是在庆历四年（1044）庆历新政失败之后，政敌攻击晏殊曾被诏为李宸妃撰墓志不言其诞育赵祯（当时刘太后临朝，不敢泄露此事），又诬晏殊役使官兵修治府第，于是被罢去宰相职务，以工部侍郎出任颖州（安徽阜阳）知州。

在封建社会的官场里生活是很不容易的，经常充满阴谋、陷阱、倾轧，进行着错综复杂而又微妙曲折的斗争。晏殊由于圆滑和具有官场生活的丰富经验，虽有几次波折，却很快转危为安，始终保持住显贵的禄位。他的门生欧阳修作的《晏元献公挽辞》云："富贵优游五十年，始终明哲保身全。"（《居士外集》卷六）

但是晏殊还是比较正直的，经常在圆滑保身与正义之间表现出矛盾的态度，而最后的选择则是趋于正义方面的。以下两件事可以充分说明这点。天圣六年（1028），大理评事范仲淹上书论时弊并提出政治改革方案，门下侍郎昭文馆大学士王曾很器重范仲淹，并且知道他曾是晏殊门客。当晏殊荐人充馆职时，王曾认为应推荐范仲淹，晏殊便依从了；范仲淹遂得为秘阁校理。次年十一月，仁宗皇帝率领朝臣于会庆殿向皇太后拜寿。范仲淹疏论此事，以为有失君臣之礼，"不可为后世法"。因晏殊是范仲淹的举荐人，为其直言深感恐惧，责备他"狂率邀名，且将累荐者"。范仲淹义正词严地辩解，又以书信申理，最后晏殊受到感动，同意他的做法并表示愧谢。

晏殊主要是一位文学侍臣，尽管位居宰相之职，被列为名臣，但他并不具备政治家的才能，所以在五十年的政治生涯里无有显著而重大的建树。史称他"喜荐拔人物，乐善不倦"（《宋史》卷三一一）。范镇赞誉说："生平欲报国，所得是知人。"（《能改斋漫录》卷十一）事实上也是如此：范仲淹与孔道辅是其荐拔的，富弼与杨察是其女婿，欧阳修是其门生，王琪、张先、梅尧臣等是其诗文之友。在庆历新政之时，晏殊身为宰相，与杜衍、范仲淹、富弼、韩琦、余靖、欧阳修等志同道合，进行政治改革。新政实施过程中，他虽不如范仲淹等人那样激进，但石介的《庆历圣德诗》是称赞宰相晏殊的。可见他是庆历新政的支持者和赞助者，新政失败他也因之而被罢相。庆历之前的康定元年（1040），西夏侵扰北宋西北边境，时局紧张。晏殊时为三司使，"请罢内臣监兵，不以阵图授诸将，乃募弓箭手教之以备战斗；又请出宫中长物以助边费。凡他司之领财利者，殊奏悉罢还度支。事多施行"

（《太平治迹统类》卷八）。这些都可说明晏殊的政治态度。

庆历四年（1044）九月，晏殊被罢相后，出知颍州（安徽阜阳）、陈州（河南淮阳）、许州（河南许昌）、永兴军（陕西西安）等地方职守。仁宗至和二年（1055）正月于都城东京病逝，年六十五岁。[①] 真宗与仁宗两朝的社会安定、经济文化的发展所造成的宋代太平盛世，其中是有贤明而忠于职守的晏殊的一点贡献的；所以当其病逝后，仁宗皇帝"尤哀悼之"，谥曰"元献"。

---

① 以上关于晏殊生平事迹的叙述，所据材料有：欧阳修《观文殿大学士大行兵部尚书西京留守赠司空侍中晏公神道碑铭并序》，《居士集》卷二二；《宋史》卷三——《晏殊传》；宛敏灏《晏同叔年谱》，《安徽大学月刊》第 1 卷·第 6 期，民国 23 年版；夏承焘《二晏年谱》，《唐宋词人年谱》，上海古籍出版社，1979年。

一見試題曰臣十日前已作此賦有賦草
尚在乞別命題。上極愛其不隱又為館
職時天下無事許臣寮擇勝燕飲當時侍
從文館士大夫為燕集以至市樓酒肆往
往皆供帳為遊息之地公是時貧甚不能
出獨家居與昆弟講習一日選東宮官忽
自中批除晏殊輒政莫諭所因次日進覆
上諭之曰近聞館閣臣寮無不嬉遊燕賞
弥日繼夕唯殊杜門與兄弟讀書如此謹
厚正可為東宮官公既受命得對 上面

宋沈括记晏殊遗事——元刊本《梦溪笔谈》

三

　　晏殊在文学上的成就与影响是大大超过其政绩的。在北宋前期，他是一位著名的大文学家。欧阳修说：“晏元献公文章擅天下，尤喜为诗。”（《六一诗话》）他“有文集二百四十卷”（《晏公神道碑铭并序》，《居士集》卷二二）。晏殊在当时的诗坛上是很有影响的，人们甚至以为其诗甚过西昆诗派领袖杨亿[①]。同时代的宋祁说：

　　　　天圣初元以来，搢绅间为诗者益少，惟丞相晏公殊、钱公惟演、翰林刘公筠数人而已。……晏丞相末年诗见编集者，乃过万篇，唐人以来未有；然晏不自贵重其文，凡门下客及官属解声韵者，悉与之酬和。（《苕溪渔隐丛话》前集卷二七引）

晏殊的诗歌曾在北宋社会广泛流行，其中最受人们喜爱和称赞

---

① 胡仔《苕溪渔隐丛话》前集卷二六引《钟山语录》：“晏相善作小词，诗篇过于杨大年；大年虽称博学，然颠倒少可取者。”

的是：

> 元巳清明假未开，小园幽径独徘徊。春寒不定斑斑雨，
> 宿醉难禁滟滟杯。无可奈何花落去，似曾相识燕归来。游梁
> 赋客多风味，莫惜青钱万选才。（《示张寺丞王校勘》）

> 油壁香车不再逢，峡云无迹任西东。梨花院落溶溶月，
> 柳絮池塘淡淡风。几日寂寥伤酒后，一番萧索禁烟中。鱼书
> 欲寄何由达，水远山长处处同。（《寓意》）

这两首诗音韵和谐、辞藻华美、纤弱含蕴，最能代表晏殊的艺术
风格，而且也明显有着西昆体的时代文学风尚的影响。《西昆酬唱
集》结集之时，晏殊仅十七岁，尚未参与酬唱，但多与杨亿、刘
筠等前辈诗人交往，诗风接近西昆体，以致北宋时便有人将他列
入西昆诗人里。刘攽说："祥符、天禧（宋真宗年号），杨大年
（亿）、钱文僖（惟演）、晏元献、刘子仪（筠）以文章立朝，为诗
皆宗李义山（商隐），号'西昆体'。"（《中山诗话》）可惜晏殊的
诗文集早已散佚，未流传下来。清初胡亦堂辑《晏元献遗文》一
卷，词之外有文六篇、诗七首。清代道光间劳格补辑文十二篇，
诗一百三十余首。晏殊的词集一直流传至今。他晚年亲自编定的
词集《珠玉集》，由友人张先为之作序。序虽早佚，词集却由明人
毛晋据宋人旧本收入《宋六十名家词》，改名为《珠玉词》，经近

人补辑，现存词共一百三十九首①，其中有少数作品与他人相混者尚待考辨。

由于晏殊诗文的散佚，在我们今天看来，他是一位词人了。他的确非常看重自己的词作，所以集名冠之以"珠玉"之称，它是珠圆玉润的精美作品。宋人就曾以为其词"温润秀洁，亦无其比"（《碧鸡漫志》卷二），甚至说"晏元献小词为本朝之冠"（《艇斋诗话》）。珠玉词自宋以来就受到我国人民的喜爱，其中许多名篇是脍炙人口的。并非它的风格过于圆融平静没有激情，也不是因作者富贵显达的身世不能满足一般人对诗人之"穷"的预期和对诗人之"穷"寄予同情的快感，遂不易得人欣赏。我国人民是能欣赏珠玉词的。

---

① 晏殊词，毛晋汲古阁本为一百三十一首，毛扆等校汲古阁本为一百三十六首；唐圭璋《全宋词》据吴讷《唐宋名贤百家词》本校毛扆本，去掉二首，又据《唐宋诸贤绝妙词选》卷三补入二首，为一百三十六首；孔凡礼《全宋词补辑》补入三首，共为一百三十九首。

四

　　我国古代的词论也具有明显的崇古的倾向，表现在评价宋初词人时往往以他们艺术上逼近"花间"或南唐而倍加推许，特别是谈及晏殊词时只见它所受五代词的影响，致使其艺术个性为陈旧的色彩淹没。刘攽说："晏元献尤喜江南冯延巳歌词，其所自作亦不减延巳。"（《中山诗话》）周济说："晏氏父子（晏殊与晏几道），仍步温（庭筠）、韦（庄）。"（《宋四家词选目录序论》）刘熙载说："冯延巳词，晏同叔得其俊。"（《艺概》卷四）冯煦说："晏同叔去五代未远，馨烈所扇，得之最先。"（《蒿庵论词》）近世台静农先生与詹安泰先生已指出前人只见晏殊词受五代影响的一面，"不过随举一端而言"，没有注意到它们之间已有重大的差异。[①]

　　晏殊词创作的时代正是北宋前期词坛最冷落沉寂之时，青黄不接，"前不见古人，后不见来者"。他是这时期继往开来的词人。继承五代以来词的艺术创作经验是进行新的创作的首要条件。如果没有艺术上的继承，新的创作便不可能超越前人艺术水平的。

---

① 参见静农《宋初词人》，《中国文学研究》，商务印书馆，1927 年；詹安泰《简论晏欧词的艺术风格》，《宋词散论》第 189—190 页，广东人民出版社，1980 年。

所以珠玉词在内容方面表现的花间尊前、遣兴娱宾、流连光景，在艺术形式方面用调、词语、表现技巧等都保持着唐五代词的某些特点。例如：

> 红蓼花香夹岸稠，绿波春水向东流。小船轻舫好追游。
> 渔父酒醒重拨棹，鸳鸯飞去却回头。一杯消尽两眉愁。
> （《浣溪沙》）

> 越女采莲江北岸，轻桡短棹随风便。人貌与花相斗艳，流水慢。时时照影看妆面。　　莲叶层层张绿伞，莲房个个垂金盏。一把藕丝牵不断。红日晚。回头欲去心撩乱。（《渔家傲》）

这些词真率、自然、婉约，有花间词人韦庄、欧阳炯、李珣等词的特点，还带着江南民歌的风味。又如：

> 红英一树春来早，独占芳时。我有心期。把酒攀条惜绛蕤。　　无端一夜狂风雨，暗落繁枝。蝶怨莺悲。满眼春愁说向谁。（《采桑子》）

这首词构思纤巧，词情凄婉，雅致含蓄，有似冯延巳同词调的"独自寻芳，满目悲凉，纵有笙歌亦断肠"的情调。珠玉词中确有不少词风格接近"花间"与南唐的，但这并非其主要成就，也非其基本方面。作为宋代的第一位大词人，晏殊在词史上的意义主要是创新方面。他在艺术上的创新，不仅表现了个人的特色，也表现了社会新的审美心理特点。

晏殊以"珠玉"名词集，人们有时联想到"鱼目混珠"的成语。于是真有学者在珠玉词中发现了不少的"鱼目"，以为那些寿词、咏物词、歌颂升平的词就属鱼目。也有学者只见晏殊词庸俗的一面，以为他享尽荣华富贵，因此所写的词也就充满了俗气。这些指摘都属事实，而且许多名家词集里都存在此种情况。但是，我们评价一位作家的成就时，绝不能仅仅只看到其时代与个人的某些局限，而对其真正的艺术面目却感到迷茫。

五

　　北宋太平盛世的两位大词人——晏殊和柳永，他们在作品中从不同的方面反映了这个时代的社会生活。柳永主要是从民众的感受表现了这个时代的都市生活和市民的情趣，晏殊则是以个人抒情的方式表现了贵族士大夫的精神状态和审美心理。他们都是太平盛世的歌手，在作品里再现了我国当时的社会升平气象。我们因为我国古代曾有过当时世界上高度的物质文明和精神文明而自豪，那么作家在作品里形象生动地描绘了某个历史时期繁荣兴盛的图景也值得我们肯定了。

　　晏殊的中庸的政治态度、注重现实生活的倾向、温和安详的心境是完全与其所处的升平的社会环境和优裕的贵族生活相协调的："太平无事荷君恩。"（《望仙门》）在他的词里已不再见到唐末五代"天下岌岌"，文人们于"危苦烦乱之中"所流露的人生惶惑悲伤的情绪和纵情声色的颓废心理。在其词里所见到的已是一个升平富庶、闲适恬静的艺术境界。如词人笔下所描绘的贵族和仕女在帝都东京郊外春游的情形：

　　　帝城春暖。御柳暗遮空苑。海燕双双，拂飏帘栊。女伴

相携，共绕林间路，折得樱桃插鬓红。　　昨夜临时微雨，新英遍旧丛。宝马香车，欲傍西池看，触处杨花满袖风。（《玉堂春》）

朝廷值"天下无事，许臣僚择胜宴饮。当时侍从文馆士大夫为燕集，以至市楼酒肆，皆供帐为游息之地"（《梦溪笔谈》卷九）。后来真宗皇帝于大中祥符二年（1009）"诏禁中外群臣，非休暇无得群饮废职"（《宋史》卷七）。晏殊词中所描述的贵族和仕女们在春浓景媚之时愉快地游乐，香车宝马，寻芳选胜，这正是升平环境中的现象。词人还描述了升平环境中幸福的少女们：

燕子来时春社，梨花落后清明。池上碧苔三四点，叶底黄鹂一两声。日长飞絮轻。　　巧笑东邻女伴，采桑径里逢迎。疑怪昨宵春梦好，元是今朝斗草赢。笑从双脸生。（《破阵子》）

这些幸福的少女，她们没有闺怨，没有苦恼，没有感伤，敏锐地感受到春天带来的新鲜活力，悠闲地玩着我国古代少女们传统的斗草游戏。"笑从双脸生"，最生动地表现了她们的天真活泼和正品尝着生活的甜美。以上两首小词是作者偶尔对现实生活的较客观的描述，但这位词人是更擅长抒情的。晏殊以工致的景物描绘，含蓄地表达自己细腻的内心感受，而且往往达到了意与境谐，情景交融的地步，创造出一种美妙的艺术境界。且看其著名的《浣溪沙》：

小阁重帘有燕过，晚花红遍落庭莎。曲栏干影入凉波。
一霎好风生翠幕，几回疏雨滴圆荷。酒醒人散得愁多。

初夏午后酒醒之时，亭园寂静。燕子从小阁帘幕之间飞过，迟开
的花朵落在庭前莎草上，栏干的倒影映在池里，疏雨滴在新出水
的荷叶上。这一切都写的是动景，但却正如"蝉噪林愈静，鸟鸣
山更幽"一样，它是极幽静的环境中才可能感觉的现象，也是最
闲适的心境和纤细的感受才能觉察到的，所以这构成了一个恬静
的艺术境界。作者的愁是属于那种安适的生活里暂时的寂寞所引
起的淡淡的闲愁。这种闲愁是贵族士大夫们有时感到无聊而产生
的。晏殊另一名作《踏莎行》与这首《浣溪沙》词意相似，而却
表现得更为细腻。词云：

小径红稀，芳郊绿遍。高台树色阴阴见。春风不解禁杨
花，濛濛乱扑行人面。　　　翠叶藏莺，朱帘隔燕。炉香细逐
游丝转。一场愁梦酒醒时，斜阳却照深深院。

词写春夏之交，作者在庭园中一时的感受。园中的小径上春花显
得稀疏，是春归时节了；远处郊外新绿遍满，树荫已掩映着朱楼
高台；柳絮悠扬地飘飞：这表现了由于时节进入初夏而感到气候
宜人、万物旺盛的内心喜悦之情。日长人困，斜阳的光照在深深
的院落，袅袅的炉烟好似轻轻追随游丝盘旋：这一切都是幽静雅
致的，正是作者精神安静而对现实感到满足的反映。词的末尾依
然流露出淡淡的愁绪，然而却衬托出舒适、悠闲、优裕的生活，
因为闲暇、梦后、酒醒、宴乐之余才会有这种闲愁的。晏殊是以

自己富贵的生活感受而创造的艺术形象间接地歌颂了其所生活的北宋的升平盛世。

尽管晏殊在词作里没有摆脱晚唐五代以来花间樽前的艳科题材，也写男欢女爱和离情别绪，但却作了新的处理。它没有晚唐五代词的色情描写和轻佻浅薄的情趣，而是表现得风流蕴藉、乐而不淫、哀而不伤。通过这类题材的描写显示了作者优雅、温厚的情操，赋予传统题材一些新的特质。他的词也有拟托女子语气的代言体，如：

> 阆苑瑶台风露秋，整鬟凝思捧觥筹。欲归临别强迟留。
> 月好谩成孤枕梦，酒阑空得两眉愁。此时情绪悔风流。
> （《浣溪沙》）

这是写歌妓于华堂盛筵歌舞侑觞之后所感到的凄凉情绪。她后悔不该在筵席上整鬟凝思、临别多情，暗示对于这种生活的厌倦和强作笑颜的辛酸。词的思想是较为深刻的，词意则是含蕴的。晏殊盛传于世的《玉楼春》，宋人就指出它是"作妇人语"的：

> 绿杨芳草长亭路，年少抛人容易去。楼头残梦五更钟，花底离恨三月雨。　　无情不似多情苦，一寸还成千万缕。天涯地角有穷时，只有相思无觅处。

关于这首词的含义，自北宋以来就有争议。胡仔《苕溪渔隐丛话》前集卷二十六引《诗眼》云：

晏叔原（名几道，晏殊之幼子）见蒲传正曰："先君平日，小词虽多，未尝作妇人语也。"传正曰："绿杨芳草长亭路，年少抛人容易去，岂非妇人语乎？"晏曰："公谓年少为何语？"传正曰："岂不谓其所欢乎？"晏曰："因公之言，遂晓乐天诗两句云：欲留年少待富贵，富贵不来年少去。"传正笑而悟。然如此语，意自高雅尔。

就词意而言，蒲传正的理解是确切的，小晏欲为其父讳，引白居易诗句而偷换了"年少"的概念，含混地将"年少"解释为青春不驻之意，以致将蒲传正弄得迷糊了而非实有所悟。南宋末年赵与时关于此事评论云："盖真谓'所欢'者，与乐天'欲留年少待富贵，富贵不来年少去'之句不同，叔原之言失之矣。"（《宾退录》卷一）显然就全词而言，是不能认为其所寓乃"青春不驻"之意的。词是写贵家少妇的春恨。年轻人轻易抛家远离，她谙尽长夜的寂寞和春归的凄苦。词的下阕是少妇内心的独白，表述其缠绵深厚的相思之情：无情的人是不能理解多情人的，一寸的相思之情在多情人的心中会变为无法排解的千万缕的思绪；天涯地角有穷尽之处，相思之情却是无穷无尽的。这首词深受人们喜爱，除了优美的艺术形象、巧妙的构思和情感真挚动人之外，尤其"妙在意思忠厚，无怨怼口角"（《蓼园词选》），表现了贵族妇女温柔多情而有良好教养的特点，很符合上层社会的审美理想。晏殊不用这种"妇人语"方式而直抒情思的词更能表现作者的艺术个性，因为它是作者情感体验的真实。如他的《撼庭秋》：

别来音信千里。恨此情难寄。碧纱秋月，梧桐夜雨，几回无寐。　　楼高目断，天遥云黯，只堪憔悴。念兰堂红烛，心长焰短，向人垂泪。

词写深夜无寐的相思之苦，抒情对象是极其隐秘模糊的。虽然作者有明确的抒情对象，却没有必要点明它，而又恰恰利用了令词含蓄短小的特点，仅仅抒写了片时的情感。结尾的红烛"心长焰短，向人垂泪"，所写之物与主观之情高度地融合了。这苦涩的情语表现了一种纷乱而矛盾的心情。晏殊有名的佳作《蝶恋花》是写离情别绪的：

　　槛菊愁烟兰泣露。罗幕轻寒，燕子双飞去。明月不谙离恨苦，斜光到晓穿朱户。　　昨夜西风凋碧树。独上高楼，望尽天涯路。欲寄彩笺兼尺素，山长水阔知何处。

词写清晓的离恨。因为离别之后思绪的烦扰，一夜睡眠未稳，清晓的月光斜穿入华丽的内室来，月光似乎不懂得离别之苦。帘幕之间的燕子双飞，反衬着人的孤独，勾起相思之情。室外的菊和兰笼着晨烟，带着清露，似乎懂得人的心情而在发愁和悄悄哭泣。独上高楼，凝思远眺，发现昨夜的西风吹落梧叶，愈加增添萧索凄凉之意；望尽天涯，不知人在何处，没有必要、也不可能再通音讯了。这是一场暧昧之恋的结束。词人没有按照时间或活动的自然顺序来抒写，而是室内、室外、楼上、清晓、昨夜，在时间与空间方面有意地错乱，恰当地表达了脉脉的温情、绵绵的思绪、细致的感受和性格的优柔矛盾。这些正是富于高度文化教养的贵族的心理特点，表现了他们的风流蕴藉，既符合风人之旨，也符合封建贵族士大夫的道德规范。所以它自来为文人们所欣赏，引起共鸣之感。

如果我们细细寻绎珠玉词，将其中那些最感伤的情词串联合观，则不难发现它们含有悼亡的意义。这是往往为读珠玉词者所忽略的。从这类词里可见到晏殊在情感上有不可愈合的创伤。据欧阳修所撰《晏公神道碑铭并序》云："公初娶李氏，工部侍郎虚己之女；次孟氏，屯田员外郎虚舟之女，封钜鹿郡夫人；次王氏，太师尚书令超之女，封荣国夫人。"前两位夫人都早死，后一位王夫人娶于中年。从宋人所记晏殊"出姬"之事看来，这位王夫人是性非和顺的①。晏殊的一些词里有着对早逝的夫人的深厚的悼亡之情。其《木兰花》云：

> 玉楼朱阁横金锁。寒食清明春欲破。窗间斜月两眉愁，帘外落花双泪堕。　　朝云聚散真无那。百岁相看能几个。别来将为不牵情，万转千回思想过。

锁住的朱阁为亡人的住处，寒食清明之日按习俗当祭扫亡坟，因而引起内心的伤痛。作者深感人生的聚散无有凭据。"百岁相看"即夫妻百年偕老之意，非其妻子莫属；百年偕老者自来很少，暗示其人已亡。词的结尾表示不愿为旧情所牵，却又千回万转地思念。同调的另一首词上阕写暮春时节，下阕云："美酒一杯谁与共，往事旧欢时节动。不如怜取眼前人，免使劳魂兼役梦。"这旧

---

① 《道山清话》："晏元献为京兆，辟张先为通判，新得一侍，公甚属意。每张来，令侍儿歌子野词。其后王夫人浸不容，出之。"

欢绝非侑觞者，而是共饮者。他为安慰自己，遂努力去"怜取眼前人"，免使梦魂重温旧情。《凤衔杯》的悼亡之意更为明显：

> 留花不住怨花飞。向南园、情绪依依。可惜倒红斜白一枝枝。经宿雨，又离披。　　凭朱槛，把金卮。对芳丛惆怅多时。何况旧欢新宠阻心期。满眼是相思。①

首句"留花不住怨花飞"，惜伊早去而无法挽留，寓意甚清楚。下阕的"旧欢新宠阻心期"是续弦后的情形，而当暮春时节往往一睹旧日景物便禁不住产生念旧的相思之情。按照这条线索，我们便可理解其名作《浣溪沙》了：

> 一曲新词酒一杯，去年天气旧亭台。夕阳西下几时回？无可奈何花落去，似曾相识燕归来。小园香径独徘徊。

词借花落春归而寓悼亡。又是暮春时节，节序景物依稀似旧，夕阳西下了，那人能回来吗？显然永远不能再回来了。独自徘徊于小径，是在期待、回忆、悼念，久久不忍离去。"无可奈何花落去，似曾相识燕归来"是传唱千古的名句，为作者最得意的佳构，它重出于其诗《示张寺丞王校勘》，不仅仅是一般的伤春，而是表达深厚的念旧之情。另外在《破阵子》词里，作者也表达过类似的情感："重把一尊寻旧径，所惜光阴去似飞。风飘露冷时。"园

---

① 词中"宠"字，据毛晋《宋六十名家词》原本，吴讷《唐宋名贤百家词》作"恨"，唐圭璋《全宋词》据吴本改为"恨"。按当从毛氏原本，则其义较通。

里的这条小径一定是很值得纪念的地方，作者总是在此寻求和徘徊，光阴似飞，只留下了凄凉与惆怅。在这些词里晏殊对于所执着思念的抒情对象，寄予了最美好、最诚挚、最深沉的情感，表现了词人优美的情操和高尚的品格。因此它们能令人们激赏，产生更为普遍的意义。清人陈廷焯评论晏殊词说："即以艳体论，亦非高境"；又说："不过极力为艳词耳，尚安足重！"（《白雨斋词话》卷一）无论从晏殊"作妇人语"之词、自我抒情之词、念旧悼亡之词等来看，虽然它们也可算为"艳体"，但它们已有较为严肃的态度和深刻的意义，其所达到的艺术高境是为传统艳体词不及的。

晏殊在词里多次表现了及时行乐的思想，如"座有佳宾尊有桂，莫辞终夕醉"（《谒金门》）；"有情无意且休论，莫向酒杯容易散"（《木兰花》）；"劝君莫作独醒人，烂醉花间应有数"（《木兰花》）。他对张先曾说过："人生行乐耳。"（《道山清话》）在其早年初入仕时尚"奉养若寒士"，中年以后位显禄高，生活也就渐渐奢侈佚豫。叶梦得说：

> 晏元献喜宾客，虽早富贵，而奉养极约。惟未尝一日不宴饮，而盘馔皆不预办，客至旋营之。顷见苏丞相子容（颂）尝在公幕府，见每有佳客必留，但人设一空案一杯。既命酒，果实蔬茹渐至，亦必以歌乐相佐，谈笑杂出。数行之后，案上已粲然矣。稍阑即罢，遣歌乐曰："汝曹呈艺已遍，吾当呈艺。"乃具笔札，相与赋诗，率以为常。（《避暑录话》卷二）

在这种场合下，自然少不了遣兴娱宾之词，其中便有表现及时行乐者。及时行乐是晏殊在升平优裕的环境里所持的人生态度。他根本没有必要佯为沉湎歌酒以逃避政治斗争的目标，因为当时的政治生活并无巨大动荡，他也未成为政治斗争的目标。晏殊生活的时代虽然朝野升平，繁盛富庶，而实际上最高统治集团是因循保守，反复无常，曾经激起社会希望的庆历改革很快就过去了，一切如旧。所以这又是无所作为的时代，贵族士大夫们"太平无事荷君恩"，歌舞宴饮，欢度时日，似乎这才是人生真谛。如晏殊在《采桑子》里所表示的：

> 春风不负东君信，遍坼群芳。燕子双双，依旧衔泥入杏梁。　　须知一盏尊前酒，占尽韶光。莫话匆忙，梦里浮生足断肠。

燕子重来，年光如驶，浮生如梦，于是尽力在花间樽前留住美好的时光。在这对于现实生活的热烈眷恋之中，也包含着一些消极感伤的情绪。如《喜迁莺》云：

> 花不尽，柳无穷。应与我情同。觥船一棹百分空，何处不相逢。　　朱弦悄，知音少。天若有情应老。劝君看取名利扬，今古梦茫茫。

这是对仕宦生涯变化无常的感慨，唯有樽前宴乐才感到真实。又如《木兰花》云：

> 燕鸿过后莺归去，细算浮生千万绪。长于春梦几多时，

散似秋云无寻处。　　　闻琴解佩神仙侣，挽断罗衣留不住。劝君莫作独醒人，烂醉花间应有数。

一生的情事都不如意，往事不可挽回，留下多少情感的创伤，这总得设法忘却与排遣。词人将其对社会和人生的体验作了真诚的袒露，以优美的笔调直抒胸臆，企图表达在现实中感悟的人生哲理：现世、仕宦、情感都是虚幻的，只有物质的享受才最真实。尽管有这样或那样的淡淡闲愁与轻轻感伤，但很快就会在舞筵歌席之间获得精神与感官的满足而慢慢消失了。人散酒醒之后，又恢复了闲适的心境。原来那些苦恼人的离情别绪、脉脉温情也变得毫无现实意义："满目河山空念远，无边风雨更伤春，不如怜取眼前人。"（《浣溪沙》）晏殊刚峻、谨慎、趋向正直、富贵显达；生于太平世，长于太平世，死于太平世。他努力追求闲适恬静中的现实人生欢乐，也就歌颂了北宋的太平世。对于晏殊这样的词人，我们没有必要要求他同北宋的一些先进的人物一样具有政治家的远见，也没有必要要求他在作品里闪耀进步的社会理想的光照。晏殊歌颂了北宋太平世，还侧面反映了这个太平世投下的一点不愉快的阴影。

六

晏殊是一位多愁善感的词人，他与物有情，感受纤细，温厚缠绵，风流蕴藉，一时莫及。如其"心心念念，说尽无凭，只是相思"（《诉衷情》）；"无穷无尽是离愁，天涯地角寻思遍"（《踏莎行》）；"天涯地角有尽时，只有相思无觅处"（《玉楼春》）：这些都真实地表现了作者的个性。因此使人们很难相信晏殊竟会是与"纯情的诗人"相对立的"理性的诗人"。按诗人的性格将诗人分为"理性的"与"纯情的"，这在理论上缺乏可靠的依据。人的性格颇为复杂，而诗人在作品中表现的性格又具多样性，因此很难将他们绝对地分为两类。如果为了弥补这种分类的缺陷而对"理性的"加以限定为：诗人之理性该只是对情感加以节制和使情感净化升华的一种操持力量，此种理性不得之于头脑之思索，而得之于对人生之体验与修养。但这也不能自圆其说。文学艺术在表现情感时必须经过净化和升华，正如作家表现生活时"不是把生活底庸俗的像片画给我们看，而是要把生活描画得比现实本身更完满、更动人、更令人信服。要把所有的事实统统说出来是不可能的……选择是不可避免的"①。艺术家在表达情感时也必须加以节制,这是一条艺术的基本法则,否则由情感的盲目驱使将会出现恶劣的形象。比如表演艺术家"声嘶力竭的叫喊,无不令人觉得厌恶;过于匆促、过于激烈的动作,很少给人以高尚之感。总之,既不应该让我们视之刺目。又不应该让我们闻之刺耳;在表达激烈的热情时,只有避免一切可能引人不愉快的东西,这种激动的热情才能给人以强烈的印象"②。至于诗人的"理性"与其"头脑之思索"更是不可分开的,它是"头脑之思索"的产物,而即使对人生之"体验"也须经"思索"而得的。很明显,"艺术界创造的最有意思的东西不是直觉的、幻象的和不动脑筋的东西"③。从这样缺乏坚实基础的按诗人性格分类的理论出发,关于晏殊"作为一个理性的诗人"其作品几点特色的分析也就不够确切了。例如,以为其词的主要特色是"表现一种情中有思的意境"。这"思"被解释为"理性"使它与艺术形象和情感分离,关于作家的思想、作品的客观思想、作品的思想性、作品的思想深度等概念全被混淆了。事实上"情中有思"并非仅仅作为"理性的诗人"晏殊的词的特色,它乃是一般艺术的特点。"艺术既表现人们的感情,也表现人们的思想,但并非抽象地,而是用生动的形象来表现。艺术的最主要的特点就在于此"。④ 晏殊的词是否表达了作者的"旷达怀抱"呢? 比如其《采桑子》是否表现了"感伤中的旷达怀抱"呢? 词云:

---

① 〔苏〕季摩菲耶夫《文学概论》第 156 页引莫泊桑语,平明出版社,1953 年。
② 〔德〕莱辛《汉堡剧评》第 29—30 页,上海译文出版社,1981 年。
③ 〔苏〕卢那察尔斯基《论文学》第 300 页,人民文学出版社,1978 年。
④ 〔俄〕普列汉诺夫《论艺术》第 4 页,生活·读书·新知三联书店,1973 年。

珠玉词　　　　宋晏殊

点绛唇

露下风高梧叶飘黄堂庭一曲呈

珠毬　天外行云欲散香烟煴起衙勾霭

采欲盏丰蛾翠

浣溪沙

阆苑瑶草瑞露凝珠滴翠临别

强逞酡颜托意凭鸾愁欲绝

此时情绪悔风流

又

三月和风满上林牡丹妖艳直千金恼人天气

又春阴　为我转回红脸西向谁分付紫台心

有搞须绣妇酒盏深

又　书二主词

一曲新词酒一盏去年天气旧亭台夕阳西下

几时廻　无可奈何花落去似曾相识燕归来

小园香径独徘徊

又

红蓼花香夹岸稠绿波春水向东流小舡轻舫

好追游　渔父酒醒重拨棹鹭鸶飞去却回头

一盏销魂两处悉

又

淡淡梳妆薄薄衣天仙模样好容仪旧香前事

明《宋六十名家词》本《珠玉词》书影

时光只解催人老，不信多情。长恨离亭。泪滴春衫酒易醒。　　梧桐昨夜西风急，淡月胧明。好梦频惊。何处高楼雁一声！

这首词在构思上是珠玉词中习见的顺序颠倒。上阕抒写离别之情，曲折深蕴。时光易逝，本应珍视情谊，占尽韶光，而离别之恨却难以相信人之多情。这是特殊情感氛围中出现的合情的反语，不是"不信多情"，而是情深难舍，所以才迁恨于离亭，滴泪春衫。下阕倒叙离别之前夜痛苦不安的情绪。梧叶西风，高楼淡月；以秋夜之萧瑟来衬托临别前之凄黯，而冷清寂静之中忽然一声孤雁的悲鸣。这绝不是以其超脱高远为结，却是惊心动魄的离恨之高潮。我们从这首词表达的离别感伤之情是看不出它表现了作者旷达怀抱的。晏殊大多数情词都有辗转思念的绵绵情意，并不旷达。他一些词里表现的及时行乐和对某些愁绪的排遣处置，反映出贪恋现实物质享受，胸多执滞，甚至还欣赏自己的"富贵气象"，也偶有"富贵语"。例如"为别莫辞金盏酒，入朝须近玉炉烟"（《浣溪沙》）；"露滴彩旌云绕袂，谁信壶中，别有笙歌地"（《蝶恋花》）；"分行珠翠簇繁红，云髻袅珑璁"（《喜迁莺》）。吴处厚说：

晏元献公虽起田里，而文章富贵，出于天然。尝览李庆孙《富贵曲》云"轴装曲谱金书字，树记花名玉篆牌"，公曰："此乃乞儿相，未尝谙富贵者。故余每吟咏富贵，不言金玉锦绣，而惟说其气象。若'楼台侧畔杨花过，帘幕中间燕子飞'；'梨花院落溶溶月，柳絮池塘淡淡风'之类是也。"故

公自以此句语人曰："穷儿家有这景致也无?"① (《青箱杂记》卷五)

无论晏殊的"富贵语"或炫耀的"富贵气象"都说明他并未超脱人生、遗弃世俗。他不是真正的胸怀旷达者，而是热爱现实生活的词人。

王国维先生曾特别欣赏晏殊的"昨夜西风凋碧树。独上高楼，望尽天涯路"。以为其意"悲壮"，又以为是"诗人之忧生也"，还喻为"古今成大事业、大学问者"之第二种境界(《人间词话》)。当然，以哲理说大晏词并非不可，但由摘句法将句子与整体作品割裂开来，根本不从整体作品来理解其意义；结果，这些句子成了评论者随心所欲的哲理解说的例子，使其原来面目全非。假如原作者有知，定会感到啼笑皆非的。这种摘句法是不足取的。晏殊的词固然包含某些人生哲理，我国古代许多诗人的作品都有这种现象，却不能据此认为他们就是理性的诗人。仅仅以哲学来解释文学作品，是非常片面的。

由文学侍从之臣出身的晏殊，有深厚的文学修养，掌握了高度的艺术技巧。他在继承唐五代词艺术经验的基础上，以明净雅致的语言，深刻而纤细的内心体验，曲折精巧的艺术构思，利用了令词收敛浓缩的抒情艺术形式的优长，间接地反映和歌颂了北宋的太平盛世，表现了优美高尚的情操和对现实人生的眷恋。这是晏殊词的特色。它反映了中国封建社会后期贵族士大夫的社会

---

① 关于此事，除吴处厚所记之外，另见胡仔《苕溪渔隐丛话》前集卷二六、吴曾《能改斋漫录》卷十，葛立方《韵语阳秋》卷一。

审美理想和审美趣味，所以尤为当时和后世的文人所欣赏和喜爱。一般说来，它的艺术性是高于思想性的，体现了我国古典艺术的完美性。其精美圆熟的艺术表现和雅致含蓄的倾向，展示出宋词一些新的特色，许多词在宋代令词中是可以称为典范的。珠玉词是我国古代文化遗产中精美莹洁的珠玉。我国人民是能欣赏它的美妙的。

柳永及其词

一

在宋代词人中，柳永是最受民众所喜爱的，以致"凡有井水饮处，无不歌柳词"。宋以来的话本和戏曲流传着这位风流才子的许多逸事，可见他的影响是很大的。柳永创作的时代正是北宋真宗和仁宗朝的三十余年间。这是北宋社会安定、经济繁荣、文化高涨的全盛之日。他的词集《乐章集》在宋代是很流行的，其词今存二百一十二首①。柳词主要是以通俗的语言和民众喜闻乐见的艺术形式反映了当时的都市生活和新兴市民阶层的思想情趣。其中大量长调的出现标志着宋词经过缓慢的发展过程而进入到一个新的阶段，并且开始显露出自己的特点来了。柳永为北宋长调的发展做出了重大的贡献，而且可以认为他是宋代长调的开创者。

宋元文学史上，柳永是第一个从事民间通俗文艺创作的文人，为后来"书会才人"的先行者。其创作的后期虽然也写作雅词，

---

① 柳永《乐章集》原为九卷（见陈振孙《直斋书录解题》卷二一），明代传抄本《柳屯田乐府》三卷（梅禹金及镏止水斋藏），明末毛晋汲古阁刊本《乐章集》并三卷为一卷。《四库全书》采用毛晋本。毛季斧校本复为三卷，又续添曲子一卷。近世词家朱祖谋用传抄毛校本收入《彊村丛书》词二百零六首；唐圭璋《全宋词》补辑六首，总计二百一十二首。

我们却可见到在其较为曲折的创作道路上深深留下民间通俗文艺的影响。柳词是有艺术生命的，至今也还闪烁着艺术的光辉。它容易为人们所欣赏，因此也易受到人们的喜爱。我们从柳永的创作中是会受到有益启发的。

二

　　柳永原名三变，字景庄，后改名永，字耆卿，排行第七；福建崇安县五夫里人。这位宋代著名词人，《宋史》却没有为之立传，其生平事迹令人很费考索。他约生于宋太宗雍熙四年（987）[①]。唐代中期以后，柳永的先世因宦游遂自河东（山西）定居建州（福建建瓯市）。五代战乱时，祖父柳崇隐居于福建崇安县五夫里的金鹅峰下。柳崇的前妻丁氏生柳宜和柳宣，继室虞氏生柳寘、柳宏、柳宷和柳察：共六子。父亲柳宜在南唐时为监察御史，入宋后于宋太宗雍熙二年（985）登进士第，官至工部侍郎；叔父们也都是官宦。柳永是柳宜的小儿子，他的长兄柳三复于宋真宗天禧三年（1019）登进士第；次兄柳三接与柳永均于宋仁宗景祐元年（1034）登进士第。柳永出身于一个有深厚儒学传统，以科举进取的仕宦之家，这决定了他也如父辈和长兄一样走向以

---

① 　见唐圭璋：《柳永事迹新证》，《文学研究》1957 年 3 期。此外，关于柳永生年，陆侃如以为约公元 990 年（《中国诗史》第 626 页，1957 年作家出版社）；林新樵以为"大约生于雍熙元年（984）或更早一些时候"（《柳永生年小议》，《福建师大学报》1981 年第 4 期）；李国庭以为"是在公元 980 年左右"（《柳永生年及行踪考辨》，《福建论坛》1981 年 5 期）。在尚无可靠的证据之时，仍以唐先生的意见为当。

科举入仕的道路。

在家乡，柳永度过了少年时代。他像当时许多封建士大夫家庭的子弟一样，自幼即致力于举业学习。家乡附近松溪县的中峰山和崇安县境内的武夷山，柳永都去游玩过，作有《题建宁中峰寺》诗和《巫山一段云》词。据说他在少年时代读书时，偶然得到一首民间流行的词《眉峰碧》：

> 蹙损眉峰碧，纤手还重执。镇日相看未足时，忍便使，鸳鸯只。　　薄暮投村驿，风雨愁通夕。窗外芭蕉窗里人，分明叶上心头滴。

这首词情感真挚，语言质朴通俗，章法结构精巧，体现了民间词的高度艺术水平。柳永将它书写在墙壁上，反复琢磨，"后悟作词章法"（《词林纪事》卷十八引《古今词话》）。习成举业之后，经过乡试，柳永便前往北宋都城东京（河南开封）参加礼部考试，从此离开了家乡。从后来他表现乡思作品里的"想佳人妆楼颙望"（《八声甘州》），"追悔当初，绣阁话别太容易"（《梦还京》），"算孟光争得知我，继日添憔悴"（《定风波》）等看来，在离乡赴京时已有妻子了。柳永以东汉贤士梁鸿之妻借指自己的妻，可见她是很贤淑的。离乡后，虽然他一再思念故乡，却再也未归来了。

每到朝廷开科取士之年，天下士子从各地云集京都。柳永大约是在宋真宗天禧元年（1017）前来东京应试的。天禧三年（1019）开科，取录进士一百四十人，诸科一百五十四人；仁宗天圣二年（1024）取录进士二百人，诸科三百五十四人；天圣五年（1027）取录进士七十七人，诸科八百九十四人（据《文献通考》

卷三二《宋登科记总目》)。这三次考试，柳永都是参加了的。宋初开科取士没有定制，到宋仁宗时才渐渐确定三年一次开科。当时由于宋统一中国后人才缺乏，录取名额虽然大大增加，可是柳永却不幸未考中，愤激之下写了盛传一时的《鹤冲天》，词有云："青春都一饷，忍把浮名，换了浅斟低唱。"这表示了对功名利禄的鄙视和对封建传统思想的背叛。功名的猎取与青春的欢乐，在他看来都是重要的，既然前者不能如愿，便只有在"烟花巷陌"寻求青春的欢乐了。在那里能施展他的艺术天才，能获得民间歌妓的友谊与爱情，称心如意，风流狂荡。谁知在偏激情绪下写的《鹤冲天》广为流传，甚至仁宗皇帝也知道了，以致柳永在仁宗初年虽然通过了考试，临到放榜时竟被仁宗黜落了。这在柳永人生道路上是一个空前严重的打击，使他的"高志"在即将实现之前忽然幻灭。但是词人没有为此而悲痛消沉，而是促使他背离统治阶级，走向民间文艺创作道路。

柳永长期困居京华，经济来源显然很成问题。父兄俱是薄宦，其父可能已经下世，不能由家庭供给他大肆挥霍的。他的放荡行为不为封建士大夫家庭所容忍，也可能因此断绝了经济援助。柳永精通音律，善于作词，多才多艺。宋仁宗时常命令教坊使为新曲谱词以备演唱，教坊乐工每得到民间流行的新曲调，便求柳永为他们谱词。他除了写些雅致的歌颂皇恩、粉饰升平的词而外，也为教坊写了许多俗词，因为宫廷里也欣赏俗词。这样便可得到教坊的经济资助。他主要是为民间歌妓写作大量的俗词，以备她们在歌楼酒肆或民间游艺场所演唱。这些通俗易懂、优美动人的词深受广大市民欢迎，为柳永赢得了声誉。他不仅为歌妓写词，而且还是她们色艺的权威性品评者，经品题后便可增高身价。为此，他得到歌妓们的经济资助，与她们保持着相当特殊的关系。宋代的民间歌妓是以小唱为特殊职业的女艺人。她们在歌筵舞席、茶坊酒肆和瓦市演唱，以卖艺为主，与后世妓女是有所区别的。她们的社会地位卑贱，是身在娼籍的"贱民"。她们自幼学习歌舞，聪明美丽，有的还会吟诗作词，拈弄翰墨。由于职业的关系，她们与词人的交往较密切，时常产生友谊与爱情。柳永受了新的市民思潮的影响，不将她们作"贱民"看待，尊重她们，同情她们，为她们制作新词以备演唱，所以能得到她们的友谊与爱情。从《乐章集》里可见到与柳永相好的歌妓有秀香、英英、瑶卿、心娘、佳娘、酥娘，而最亲密的还是歌妓虫虫。民间通俗文艺的创作道路是极艰苦的，它没有像晏殊、欧阳修等达官贵人那样优裕的写作条件，也没有那样的闲情逸致，而是为教坊乐工和民间歌妓的演出而创作。这必须考虑艺术演出的实际效果和经济效益，而且还得经常辗转各地，"往往经岁迁延"，像"断梗飘萍"那样过着流浪的生活。柳永曾有一段时期漫游江南，江苏、浙江、湖北等处的重要都市都留下了他漫游的足迹。这样长期漫游是不会有什么出路的。词人感到身心疲惫，而且美好的青春年华已经逝去，仅仅"风流事平生畅"，而实际上却一事无成。于是在艰难困苦、走投无路的情形下又回到了久已思念的京都。这次回到东京大约是在宋仁宗明道元年（1032），为的是准备参加礼部的考试。词人这时已经四十五岁了，渐渐失去青春时代的狂放豪情。多年来的生活重压与旧日的声名狼藉，为着不再临轩放榜时被黜落，柳永只得改变过去的浪漫生活作风而去适应封建统治阶级的要求，于是又到举场中试试自己的命运。

宋仁宗景祐元年（1034）取录进士四百九十九人，诸科四百八十一人。柳永这年终于登第，年已四十七岁，可谓"及第已老"。其次兄柳三接也于这年登第，兄弟两人同榜。宋代士人考中进士即标志着进入仕途，按考试成绩登第授官。柳永登第后旋即被授予睦州团练使推官而入仕了。睦州在浙西，府治建德（浙江建德）。推官是佐理府务的幕职官，掌管簿书等事。到职后，柳永改变了以前的生活作风，勤于职守，显露出办事的才干，颇得知州吕蔚的赏识。因而到官才月余便受到吕蔚破格向朝廷举荐。当时的制度不像后来那样严，凡是幕职官及县令等，不限在任三年考绩之后才有被举荐的资格。可是柳永的宦途特别坎坷，被荐后立即遭到御史知杂事郭劝的反对，遂失去一次升迁的机会，此后多年沉沦下僚。离睦州任后，柳永又做过昌国县（浙江定海）晓峰盐场盐监。在这里写出了反映盐民痛苦生活的诗篇《煮盐歌》。此后柳永的宦游足迹还到达过关中之地。宋代官制，文臣分为京朝官与选人两类。选人是指任地方职务的初等职官。柳永入仕以来任推官、盐监、县令等职都属选人。选人官阶分七阶，升迁官阶称为"循资"，各级考满且有足够的举荐人，才能磨勘改换为京官。这种进入京朝官序列的"改官"是非常困难的。柳永长期任地方官职算是"久困选调"，为改官之事他进行了活动。时值老人星（寿星）现，教坊进新曲《醉蓬莱》，柳永作了一首应制词，通过入内都知史某而进呈仁宗皇帝。仁宗"见首有'渐'字，色若不悦。读至'宸游凤辇何处'，乃与御制真宗挽词暗合，上惨然。又读至'太液波翻'，曰'何不云波澄'？乃掷之于地"（《渑水燕谈录》卷八）。柳永本期望得到仁宗的赏识，谁知竟触其忌讳，改官之事也就无望了。他自景祐元年入仕至庆历四年（1034－1044）已经十年多了，按宋代官制的规定也应改官。这次改官被阻，柳三变的名声和人们对他的印象更不好了，于仕进非常不利。最后弄得只好改名，"后改名永，方得磨勘转官"（《能改斋漫录》卷十六），通过吏部而改为京官，最后仕至屯田员外郎，故人称柳屯田。这在京朝官中是最低的官阶，属于从六品。大约在宋仁宗皇祐五年（1053），柳永六十余岁，悄然逝于润州（江苏镇江）僧寺，许多年后才葬于丹徒（江苏丹徒）北固山下。柳永有子柳涚字温之，登庆历六年（1046）进士第，官至著作郎。宋元以来关于柳永有许多逸事传闻，其中大都是不可靠的①。

---

① 参见拙文《柳永事迹考述》，《柳永词赏析集》附录，巴蜀书社，1987 年。

三

　　近世词学家夏敬观先生说："耆卿词当分雅俚二类。雅词用六朝小文赋作法，层层铺叙，情景交融，一笔到底，始终不懈。俚词袭五代淫诐之风，开金元曲子之先声，比于里巷歌谣，亦复自成一格。"（《手评乐章集》）"俚"为"雅"的反义词，即俗之意。我们读《乐章集》不难发现它确实存在着雅词与俗词两大类作品。以景祐元年（1034）柳永登进士第为限，可将其创作分为前后两个时期。在前期的创作中，他为教坊乐工写了一些歌颂升平、粉饰现实的词以供朝廷采用，也因拜谒权贵而写了一些谀颂之词，还有一些登临怀古之作。它们都属传统的雅词。但这时期他写得最多而又最成功的还是供民间歌妓演唱的俗词。它渊源于唐五代以来的流行歌词又加以发展变化而形成自己独特的艺术风格。柳永的俗词与五代的花间词人及其同时代的晏殊、张先等词人的作品比较起来是有明显区别的。他所选用的词调多是当时民间流行的时新曲调，如《柳腰轻》《受恩深》《内家娇》《驻马听》《忆帝京》等等，它们不是传统词人习用的常调。当然，这些词所用的语言是区别于文人的雅词。以内容而论，文人雅词也写男欢女爱和离情别绪，而柳词却仍与之有区别，其男欢女爱和离情别绪是属于社会下层市民性质的，其抒情对象是民间歌妓、下层妇女、市井平民或浪荡子弟。因而其俗词始终保持着民间的情调和市民的趣味，甚至带着某些市民的庸俗趣味，如"愿奶奶，兰心蕙性，枕前言下，表余深意"（《玉女摇仙佩》）；"未会先怜佳婿，长是夜深，不肯便入鸳被"（《斗百花》）；"锦帐里、低语偏浓，银烛下、细看俱好"（《两同心》）。柳永的俗词是为适应民间演唱的，便不得不具有民间通俗文艺的通俗性、娱乐性和市民趣味的特点。

北宋的东京是一个封建的消费城市。这个约百万人口的城市中，人口的阶级结构主要是上层封建统治阶级和下层的居民。下层的居民中多数是从事各种劳动的被压迫人民。他们包括官营手工业工匠、私营手工业作坊工匠、个体手工业者、船工、小商、小贩、各种服务性行业的店伙。此外也有医生、相士、流民、艺人等等。这些下层居民虽然各色各样，而其思想意识则是属封建社会后期市民阶层的。随着庞大的市民阶层的兴起，也出现了适合市民需要的各种民间文学艺术。"京瓦伎艺"中的说书、小唱、嘌唱、杂剧、木偶戏、杂技、散乐、影戏、诸宫调、说唱等就是在民间游艺场所瓦市中演出的。柳永因科举考试落第而未进入统治阶级上层社会生活，遂加入了新兴都市间通俗文艺创作的队伍，为社会下层民众写作。虽然从封建士大夫的传统观念来看这是非常的不幸，却玉成了他作为宋代著名的词人，使他获得了艺术上的成功。其前期创作在其整个创作过程中具有特别重要的意义，决定了其创作的基本风貌，以致柳永在后期努力改变生活作风并转向雅词的写作都无法抹去前期留下的影响。

作者 2004 年在武夷山下柳永纪念馆

宋代地方官署都有官妓侍宴歌舞，朝廷规定不许官员用她们来私侍枕席，否则会因"逾滥"而受到弹劾和处分。政府官员到平康坊曲或与民间歌妓为"滥"更属严禁。所以柳永入仕之后必须改变其原有的浪漫生活作风，否则对仕途是很不利的。几次参加考试被黜落、多年辛酸流浪的生活、久困选调、蹉跎已老，这都使得柳永吸取生活的教训，没有兴致再去流连坊曲了。"道宦途踪迹，歌酒情怀，不似当年"（《透碧宵》），"名宦拘检，年来减尽风情"（《长相思·京妓》）：一条阶级的鸿沟，已将这位词人与贱民歌妓隔开了。柳永当年与歌妓们"剪香云为约"（《尾犯》），"魁甲登高第，待恁时、等着回来贺喜"（《长寿乐》），都成了负心的虚语。词人与歌妓之间的爱情，不得不受封建婚姻制度和封建等级制度的约束。这样的爱情，一般都是没有好结果的。柳永后期生活环境的改变，不需要再去为乐工歌妓作词以求得经济资助，也就没有必要再去写适合市民趣味的俗词了。这时词人的审美趣味已发生了重大的转变，对雅词有着浓厚的兴趣。一次柳永在政事闲余之时，听到官妓们唱起民间俗词便感到不满意，惋惜雅词不被人重视。他写道："画楼昼寂，兰堂夜静，舞艳歌姝，渐任罗绮。讼闲时泰足风情，便争奈雅歌都废。"（《玉山枕》）与其他两宋词人比较，柳词是较通俗易懂的；然而就柳词前期与后期的作品比较，它们又有明显的俗与雅之别。柳永的雅词也仅就其与前期创作相对而言，它与南宋姜夔、吴文英、王沂孙等之趋于晦涩的典雅又有所区别的。他后期的词作语言方面不再使用市井俗语词汇，而使用较为精练的白话，仍保持着明白畅晓的特点；内容方面以谒颂、宦游、旅情和对前期生活的追忆为主，不再表现市民的生活情趣；表现方法趋于含蓄、追求诗意，结构更趋谨严。

正是这些词里，常有"不乏唐人高处"的诗意，如其《八声甘州》的"霜风凄紧，关河冷落，残照当楼"就甚为后世文人们所激赏。柳永后期的雅词反映了其创作道路的转变，而且说明走向专业的民间通俗文艺创作道路是特别艰苦的，以致这位深受民众欢迎的词人也不能坚持下去。柳永无论其俗词和雅词，在内容和表现形式方面都有创新的意义，取得了较高的成就，它们对宋代白话词和文人词的发展都产生了积极的影响。

四

    柳永生在北宋升平盛明之世，他以写实的方法较为客观而真实地反映了这个时代都市繁华富庶的生活。读其全词令人感到"形容盛明，千载如逢当日"（《姑溪居士文集》卷四十）。在许多作品里，作者不是站在统治阶级的立场去歌颂升平，也不是以个人的虚荣生活来炫示富贵气象，而是从平民的真实感受出发为人们描绘了一幅幅北宋都市生活的风情画。《木兰花慢》是很有代表意义的：

> 拆桐花烂熳，乍疏雨、洗清明。正艳杏烧林，缃桃绣野，芳景如屏。倾城。尽寻胜去，骤雕鞍绀幰出郊坰。风暖繁弦脆管，万家竞奏新声。   盈盈。斗草踏青。人艳冶、递逢迎。向路旁往往，遗簪堕珥，珠翠纵横。欢情。对佳丽地，信金罍罄竭玉山倾。拚却明朝永日，画堂一枕春醒。

我国传统的民俗将冬至后第一百零五日定为清明节。这正是风和日暖，百花盛开，芳草芊绵，人们习惯到郊外去扫墓、踏青，作一次愉快的春游。柳永在京都郊野的背景上再现了市民们清明游乐的真实情景。南宋词家沈义父以为此词的起笔很值得效法，"第一句不用空头字在上，故用'拆'字，言'开了桐花烂熳也'"（《乐府指迷》）。紫桐即油桐，很有经济价值，农民大量植于陌上空地，三月初开紫白色花朵，先花后叶，繁茂满枝，最能标志郊野清明时节的到来。经过夜来一阵疏雨，郊野晴明清新，确实应了节候。"艳杏"和"缃桃"富于艳丽色彩的景物，突出了景色鲜妍有似画屏之美。作者善于从宏观的角度描述整个游春场面，又能捕捉到一些典型的具象。清明为寒食的第三日，市民带着早已准备好的熟食品到郊外去充分享受春天的欢乐。在出城的游人群流中，宫人的豪华队伍是最令人注目的。"绀幰"即红青色的车帷幔，为宫人香车的标志。她们也被允许出郊去为亡故的宫人祭扫。据孟元老说："节日，亦禁中出车马，诣奉先寺道者院，祀诸宫人坟。莫非金装绀幰，锦额珠帘，绣扇双遮，纱笼前导。"（《东京梦华录》卷七）市民们很喜观看这个车队，以致"士庶阗塞"。作者习惯于将注意力集中于艳丽妖娆、珠翠纵横的市井妇女和歌妓们。在这富于浪漫情调的春天郊野，她们的欢乐与放浪为节日增添了趣味和色彩。她们占芳寻胜并玩着传统的斗草游戏。最活跃的还是那些歌妓舞女和妓女们，她们特地艳冶，频频向人们表示亲切的逢迎。如后来孟元老所说："四野如市，往往就芳树下，或园囿之间，罗列杯盘，互相以酬。都城之歌儿舞女遍满园亭，抵暮而归。"柳词正是表现了这种纵情欢乐的情形，以"遗簪堕珥"暗示了市民男女在郊野的浪漫生活。作者以十分肯定的语气，设想欢乐的人们在佳丽富庶之地，饮尽美酒，陶然大醉。次日，人们必定因病酒而迟迟未起，还回味着一枕春梦。宋末词家张炎谈到节序词的写作时说："昔人咏节序，不惟不多，付之歌喉者类是率俗，不过为应时纳祜之声耳。所谓清明'拆桐花烂熳'……若律以词家调度，则皆未然。"（《词源》卷下）显然，张炎不喜欢柳永这首俗词，但也不得不承认像周邦彦赋元夕的《解语花》、史达祖赋立春的《东风第一枝》和李清照赋元夕的《永遇乐》虽然典雅精粹，可惜它们"绝无歌者"，而柳永的这首《木兰花慢》却直到南宋末年仍在民间传唱。

在柳永的笔下，我们还可看到北宋京都元宵佳节的盛况："列华灯，千门万户。遍九陌、罗绮香风微度。十里燃绛树。鳌山耸、喧天箫鼓。……太平时，朝野多欢民康阜。"（《迎新春》）令词人最感兴趣的还是京都的声色之娱。歌台舞榭成为升平富庶的都市的装饰品，人们追欢逐乐，流连忘返："繁红嫩翠，艳阳景、妆点神州明媚。是处楼台，朱门院落，弦管新声腾沸。恣游人、无限驰骤，娇马车如水。竞寻芳选胜，归来向晚，起通衢近远，香尘细细"（《长寿乐》）。柳永足迹所到江南重要都市，他也热情地赞美它们人烟稠密和经济繁荣。金陵"晴景吴波练静，万家绿水红楼"（《木兰花慢》）。苏州"万井千闾富庶，雄压十三州；触处青娥画舸，红粉朱楼"（《瑞鹧鸪》）。扬州"酒台花径仍在，风箫依旧月中闻"（《临江仙》）。杭州"烟柳画桥，风帘翠幕，参差十万人家"（《望海潮》）。柳永一生在仕途上很不如意，他有不满现实之时，但对其时代仍由衷地热爱，从民俗方面去描写了社会现实生活。这些熙熙攘攘的平凡都市生活正体现了升平期人民生活安定富裕，他们过着较为愉快的日子。但是我们也应看到，柳永仅仅反映了北宋社会繁荣的表象，缺乏对生活的更深入的理解。

朱祖谋评柳词手迹

如果科举考试和仕宦顺利，柳永是完全可以成为封建统治阶级中的重要成员的。由于他受到市民阶层思想意识的影响，在屡次被黜之后成了都市的浪子。烟花巷陌的浪子，在封建统治阶级看来是偏离传统观念的不成器的子弟，而柳永却以此为荣并在作品中表现出对传统思想和传统道德观念的否定。他以为："红颜成白发，极品何为"（《看花回》）；"名缰利锁，虚费光阴"（《夏云峰》）；"瞬息光阴，锱铢名宦"（《凤归云》）。其《传花枝》则可说是一曲浪子之歌：

> 平生自负，风流才调。口儿里知道张陈赵。唱新词，改难令，总知颠倒。解刷扮，能咮嗽，表里都峭。每遇着、饮席歌筵，人人尽道：可惜许老了。　　阎罗大伯曾教来，道人生，但不须烦恼。遇良辰，当美景，追欢买笑。剩活取百十年，只恁厮好。若限满，鬼使来追，待倩个、掩通著到。

词以俚俗而泼辣的语言抒写了通俗民间文艺作者老大落魄的情怀。他多才多艺，风流自负，以乐观放达的态度对待人生，表现出不伏老的精神和及时行乐的思想。这首词对后来元代散曲家很有影响。关汉卿的套曲《〔南吕〕一枝花·不伏老》便发挥了柳词的精神。这种反传统的浪子思想是以一种病态的方式出现的，它表露了封建社会中下层知识分子的悲哀及其对现实不满的愤激情绪。柳词中最富于反封建传统思想意义的应是那些"淫冶讴歌之曲"。它们表现了新兴市民阶层争取恋爱自由和个性自由的要求。宋初词人们也同五代的花间词人一样有许多写男欢女爱的作品，未曾受到统治阶级的指摘；柳永的这类作品一再受到指摘之原因就在于表现了反传统的意识。柳词中所描绘的不少市民妇女形象都是不受封建道德规范的限制和妇德约束的。如《锦堂春》：

> 坠髻慵梳，愁蛾懒画，心绪是事阑珊。觉新来憔悴，金缕衣宽。认得这疏狂意下，向人诮誓如闲。把芳容整顿，恁地轻孤，争忍心安。　　依前过了旧约，甚当初赚我，偷剪云鬟。几时得归来，香阁深关。待伊要、尤云殢雨，缠绣衾、不与同欢。侭更深、款款问伊，今后敢更无端。

这是代言体的作品，表现一位市民妇女曲折复杂的心理。她感到心情慵懒，发髻已松欲散，带愁的蛾眉应当重画，而无心去梳妆打扮。这是因为情绪消沉倦怠，还发觉近来面容憔悴、身体消瘦了。她之憔悴消瘦又是因情人或丈夫的疏狂，全不将她放在心上而在外面笑闹取乐，以致令她失望和伤心。市民妇女比较注重现实的个人利益，并不把情感看得特别重要，而且有了人格的觉醒，不愿由别人摆布自己的命运。所以她并不因其"疏狂"而长久地沉溺于忧伤之中，有办法对付这一切。她对自己的芳容颇为自信，于是重新振作精神，克服慵懒情绪，开始梳妆打扮了。他如此忘恩负义，轻易辜负她的青春，使她感到不平，将要发泄一腔的怨恨。最令她气愤的是当初山盟海誓，骗取她剪下一缕秀发为赠，如今过了归期而他竟不回家。恼恨之下，盘算着他快归来了。这次决不宽恕，要设法教训他，跟他算总账。她决定采取两个非常强硬的步骤。第一个步骤是当其归家之时，对他极端冷淡和任性：将卧室的门关牢，不理不睬，独自裹被而卧，决不轻易满足其欲望，以此令其反省、后悔和屈服。第二个步骤是任时间在僵持中过去，待到更鼓已深，才严肃地从头到尾、有条有理地慢慢数落他，要他悔过认错，还要保证今后再不敢如此无法无天。这两种办法都属设想性质，但可看出这位妇女不同于谨遵妇道的闺秀，由于她泼辣的性格与深谋远虑的机心是说得到做得到的，她的设想必定不会落空。这位市民妇女不拘封建礼法，不甘示弱，具有强烈的自我意识。这个形象不同于传统诗词中温柔敦厚，逆来顺受、听天由命的妇女形象，它本身即具有反封建的意义，故能深深感动市民群众。柳永的《定风波》也是描述市民妇女精神生活的：

> 自春来、惨红愁绿，芳心是事可可。日上花梢，莺穿柳带，犹压香衾卧。暖酥消，腻云亸。终日厌厌倦梳裹。无那。恨薄情一去，音书无个。　　早知恁么。悔当初、不把雕鞍锁。向鸡窗、只与蛮笺象管，拘束教吟课。镇相随，莫抛躲。针线闲拈伴伊坐。和我。免使年少，光阴虚过。

词是拟托少妇的语气，叙述其丈夫离家后苦闷无聊的情绪，表现对爱情幸福的向往和大胆的追求。闲拈针线伴着丈夫读书，形影不离，在她看来是幸福愉快的事；如此，青春也就不算虚度了。这是古代社会里许多妇女最素朴的要求，然而在封建统治阶级看来，这样的妇女是有违妇道和礼教的：男子竟由妇女"拘束教吟课"，还要"针线闲拈伴伊坐"。柳永正因写了这首词而受到宰相晏殊的责备，说明这两位词人社会审美理想的差异。

　　传统文学中有许多关于妇女的香艳题材，却很少有作家真实地表达社会下层被压迫妇女的呼声。柳永长期生活在都市的下层，对这些不幸妇女的境况特别熟悉，因而很注意发掘这类题材的新的社会意义。都市中的青年妇女受到市民思潮的影响往往在思想与行为上突破封建礼教和传统道德的束缚，大胆地追求爱情幸福，具体表现为对性爱的要求和对贞节观念的轻视。但所处的社会环境决定了她们为得到一点自由和幸福须付出重大的代价和牺牲，结果是很难得到真正的爱情与幸福，却遭到了玩弄和遗弃。柳永同情这些不幸的妇女，在作品里多次重复着这个主题。这类歌词在民间文艺场所中演出，往往哀婉动人，如《慢卷绌》：

> 闲窗烛暗，孤帏夜永，欹枕难成寐。细屈指寻思，旧事前欢，都来未尽，平生深意。到得如今，万般追悔。空只添憔悴。对好景良辰，皱着眉儿，成甚滋味？　　红茵翠被。当时事、一一堪垂泪。怎生得依前，似恁偎香依暖，抱着日高犹睡。算得伊家，也应随分，烦恼心儿里。又争似从前，淡淡相看，免恁牵系。

这位女主人公陷入了难以排解的矛盾之中。她与情人的分离显然出自社会性的原因。分离后她憔悴追悔，谙尽凄苦，设想对方也心里烦恼。她苦苦追忆逝去的欢乐，又后悔当时自己过于热情与轻率，以致造成而今这种生分难舍的情形。假如她当初和从前一样"淡淡相看"控制或压抑情感，或许不会落得这样的不幸，而这已无法挽回了。又如《满江红》是表现恋爱中的女子的痛苦情绪：

> 万愁千恨，将年少、衷肠牵系。残梦断，酒醒孤馆，夜

长无味。可惜许枕前多少意，到如今两总无终始。独自个赢
得不成眠，成憔悴。　　添伤感，将何计。空只恁，厌厌地。
无人处思量，几度垂泪。不会得都来些子事，甚恁底死难拚
弃。待到头，终久问伊看，如何是？

这女子陷入苦恋，非常不幸，期待着情人的回心转意，尤其不甚
明白自己的可悲处境和他的真实态度。她的幼稚痴迷更显得情感
的真挚，她的被抛弃就愈能引起人们的同情。作者以内心独白的
方式深刻而细致地揭示了市民妇女的情感生活的真实，表现出俗
词的艺术力量。

　　由于柳永与民间歌妓的亲密关系，他在作品里表现了与她们
的友谊和爱情，也反映了她们痛苦的精神生活，写出了她们悲剧
的命运。他发现她们之中有不少高雅的品格、纯洁的灵魂，而且
本不应沦落风尘中的。如其《少年游》词云：

　　世间尤物意中人，轻细好腰身。香帷睡起，发妆酒酽，
红脸杏花春。　　娇多爱把齐纨扇，和笑掩朱唇。心性温柔，
品流详雅，不称在风尘。

风尘中的歌妓总希望脱离娼籍，像正常良家妇女一样享有合法的
婚配和家庭幸福，争取一个女性应有的生活权利。柳永在《迷仙
引》里表达了她们这种合理的愿望：

　　才过笄年，初绾云鬟，便学歌舞。席上尊前，王孙随分
相许。算等闲、酬一笑，便千金慵觑。常祗恐，容易韶华暗

换，光阴虚度。　　已受君恩顾。好与花为主。万里丹霄，何妨携手同归去。永弃却、烟花伴侣。免教人见妾，朝云暮雨。

词写一位民间歌妓对所信任的男子倾诉自己的愿望，表现她对自由的追求。据她自述，当其成长为少女时便学习歌舞了。由于她身隶娼籍，学习歌舞伎艺是为了在歌筵舞席之上"娱宾"，为娼家创造利润，当然也能得到宾客的一些赏钱而归自己。她的个人生活则是非常痛苦的，尤其是精神生活。这位歌妓并非狂热的拜金主义者。她在豪华的宴席前为王孙们歌舞，不去恳求他们的赏赐，任之随意给一点赏钱；如果她的伎艺能被称赞赏识、酬以一笑，便感到内心的满足了。歌舞场中，她始终保持着清醒的头脑，寻觅着知音，渴望有一个正常的人生归宿——走"从良"的道路。因为深知美好的青春会像朝开暮落的蕣花一样很快凋谢的。她在相识的人中寻觅到一位可以依托的男子，便以自卑的地位和坚决的态度，恳求救她脱离风尘，走向自由的天地。这位歌妓不是自甘堕落的，一当抉择从良之后，表示永远抛弃旧日的生活，过一种正常的新生活，以此来刷洗世俗对她的不良的印象。她希望用行动来证明自己并非那种"朝云暮雨"的轻浮的女人。恳求、发誓，既流着热泪，又怀着对未来的憧憬，这是她对社会发出的求救的呼声。从这首词里，我们可以看到作者对民间歌妓的真正的同情，真正地关心她们的命运。

柳永对其最相爱的歌妓虫虫，曾表示过愿与她结成正常的婚姻配偶："待作真个宅院，方信有初终"（《集贤宾》）。这个愿望在后来未能实现，但他能大胆地表示已是非常可贵的了。民间歌妓们在少女时代身心已遭到粗暴的蹂躏；恶劣的风尘里，她们都在青春年华就悲惨地死去了。柳词中有两首为民间歌妓写的悼亡词，如《离别难》：

> 花谢水流倏忽，嗟年少光阴。有天然蕙质兰心。美韶容、何啻值千金。便因甚、翠弱红衰，缠绵香体，都不胜任。算神仙、五色灵丹无验，中路委瓶簪。　　人悄悄，夜沉沉。闲香闺、永弃鸳衾。想娇魂媚魄非远，纵洪都方士也难寻。最苦是、好景良天，尊前歌笑，空想遗音。望断处，杳杳巫峰十二，千古暮云深。

这样诚挚地对贱民歌妓的悼念，是同情其不幸的一生，并向社会发出血的控诉：她们是被无情的封建制度所扼杀的。

柳永从都市民众的观点较客观地对北宋升平社会的赞颂，以封建统治阶级的叛逆者的放浪态度对传统思想与封建礼教的嘲讽与批判，以人道的同情表达了社会下层妇女——特别是贱民歌妓的痛苦呼声；这就是柳词的主要思想内容。它体现了作者所受新兴市民阶层进步思潮的影响。我们对柳词的思想是应基本上肯定的，虽然它也带着某些不可避免的局限性。

五

　　燕乐曲按体制可分为两大类，一类为令曲，一类为大曲。令曲是单独流行的独唱曲或独奏曲；大曲则是一组大型的乐舞曲，由若干"遍"组成。无论令曲或大曲，它们都有急曲子和慢曲子。由于宋亡以后词谱失传，如《声声慢》《木兰花慢》《石州慢》等调固可知它们为慢词，而未标明"慢"者便很难确定是否慢词。根据朝鲜《高丽史·乐志》中所保存的我国北宋大晟府歌词的情形来看，凡"令""慢"等皆于调名下作小字注，显然是关于唱法的说明；而且其中同一调例如《水龙吟》，注明"令"者，字数大大超过注有"慢"者。所以慢词与长调，这二者分类的标准不同，概念也不相等。就文学体制而言，我们将传统的慢词称之为长调可能更确切些。清人宋翔风说：

　　　　词自南唐以后，但有小令；其慢词盖起宋仁宗朝。中原息兵，汴京繁庶，歌台舞席，竞赌新声。（柳）耆卿失意无俚，流连坊曲，遂尽收俚俗语言，编入词中，以便伎人传习，一时动听，散播四方。其后东坡（苏轼）、少游（秦观）、山谷（黄庭坚）辈，相继有作，慢词遂盛。（《乐府余论》）

如果我们将"慢词"称为"长调"，则宋翔凤的这段论述就较为确切了。长调并非创自柳永，因为在他之前的作品里已有少数的长调了。如唐代流行于我国西北民间的敦煌曲子词便有《凤归云》《内家娇》《倾杯乐》等长调，晚唐五代以来也有少数文人写过长调。宋初文人和岘与聂冠卿有长调作品流传，而与柳永同时代的张先则创作了较多的长调作品，但如夏敬观先生所说："子野（张先）词，凝重古拙，有唐五代之遗音，慢词亦多用小令作法。"（《手批张子野词》）长调的乐曲较小令长一倍或数倍，旋律较为复杂而富于变化，表现的情感更为丰富。因此，为长调谱词是比小令困难的。若以小令的作法去写作长调显然不能表现出其艺术优势。长调的字数通常在九十一字以上，最长的《莺啼序》达二百四十字。其分片有双调、三叠、四叠，体制比小令宏大复杂。创作长调作品时在构思、表现方法、布局结构等方面都须适应其艺术形式的特殊要求。

柳永创作长调作品所依据的词调主要是北宋建国以来五十余年间流行的新声。他向民间学习的也就是这种新声。此外，他还用旧的唐代教坊词调经过改制增衍创作了大量的长调。这样使许多长调得以固定下来，渐渐趋于定型。《乐章集》里的长调作品计有七十余调，词一百余首，调与词都占柳词的半数以上。长调作品在柳词里居于这样的优势及其绝对数量之大，这在词史上还是空前的。它的出现标志着宋词发展的一个飞跃：长调词以一种生命力旺盛的新的艺术形式出现于词史了。在柳永之前虽然偶尔有人使用过这种形式，却未能把握其特点，也就没有征服它。由于柳永的创作才表现出长调的艺术优长，才引起社会和词坛的重视。因此，从文学发展的意义来看，可以说长调是起于北宋的，而柳永是长调词的开创者。

长调词这种艺术形式是适应柳永时代人们审美需求的。词人在长期的都市生活中发现并爱上了这种市民群众所喜闻乐见的新的艺术形式，而且以自己的艺术天才征服了它。他描写都市的繁华富庶、反映新兴市民的生活情趣、备述羁旅行役之苦、表现民间歌妓的复杂的情感以及抒写个人的生活感受等，便主要采用了长调的形式，而且为后世提供了非常宝贵的创作经验，有许多词是永远被称为典范的。柳永关于长调词的表现手法和艺术结构的创新，可以说是其词艺术成就的集中表现。

自北宋李之仪指出柳词"铺叙展衍"（《跋吴师道小词》，《姑溪居士文集》卷四十）的特点后，得到人们的公认。柳词铺叙的方法是我国诗歌传统表现手法之一的"赋"的发展。我国最早的诗歌总集《诗经》的三种基本的艺术表现手法比、兴、赋，对后世诗歌创作有着传统性的影响；但是在文人的抒情诗中着重发展了比兴的手法，赋的手法却多在汉赋和民间诗词中使用着。晚唐五代以来的文人词就主要是用的较为含蓄的比兴手法。从柳永的创作实践来看，赋的手法更适合长调这种艺术形式。我国古代关于"赋"的含义有解释为"直铺陈""赋以陈事""铺采摛文"等意；宋人朱熹简明地解释说："赋者，敷陈其事而直言之也。"（《诗集传·国风·葛覃》注）前人评柳词所说的"序事闲暇""平叙见长""铺叙委婉""平铺直叙"等便是指对赋的手法的运用。它的特点是以平铺直叙的表达方式将词意或某一意群展开、发挥，给人以较为具体的感受。这只有意群容量较大的长调才最适合采用。它使词可以表现比诗更为复杂细致的思想情感，更具有具体而丰满有形象，"能言诗之所不能言"（《人间词话删稿》）。

清《九宫大成谱》之柳词谱

柳永成功地在长调词里使用了铺叙的手法。如表现抒情主人公矛盾的心理状态的："算前言，总轻负。早知恁地难拚，悔不当初留住。其奈风流端正外，更别有、系人心处。"（《昼夜乐》）这是将一个意群细腻婉曲地充分展开，写出了"难拚"的复杂心情。如以铺叙手法层层描绘歌妓的形象："身材儿、早是妖娆。算风措，实难描。一个肌肤浑似玉，更都来占了千娇。妍歌艳舞，莺惭巧舌，柳妒纤腰。"（《合欢带》）如以铺叙手法叙述离别情景："惨黛蛾、盈盈无绪。共黯然消魂，重携纤手。话别临行，犹自再三，问道君须去？频低耳畔语。"（《倾杯》）以上数例，只用平叙，尽力铺展，好似画家用的细致的白描，不用比兴、夸张、象征、雕饰等手段也能取得很好的艺术效果。

长调的体制比小令宏大复杂，而词的每一调又独具音律与表现的特点，因此在创作时的谋篇布局和整体构思就具有特别重要的意义。比如怎样开关、结尾、上下片之间关系的连接，怎样使字、句、意群构成为一个和谐的整体，怎样处理抒情、叙事、写景的相互关系等等，所谓"长调难得融贯"即是此意。这一切的关系都是以具体的艺术结构方法体现出来的。柳词的艺术结构方法具有富于变化、层次清楚、和谐完整的特点，其最基本的型式有以下几种：

（一）上片写景，下片抒情，如《八声甘州》：

对潇潇暮雨洒江天，一番洗清秋。渐霜风凄惨，关河冷落，残照当楼。是处红衰翠减，苒苒物华休。惟有长江水，无语东流。　不忍登高临远，望故乡渺邈，归思难收。叹年来踪迹，何事苦淹留？想佳人妆楼颙望，误几回天际识归舟。争知我、倚阑干处，正恁凝愁。

词的上片描写深秋的凄凉景象，下片触景生情，表达词人对故乡的思念。首以暮雨制造悲秋气氛，以倚楼凝愁为结，换头处情景过渡自然。善于用领字如"对""渐""望""叹""想"等字衔接意群之间的关系，领起词意变化，呈现波澜曲折的状态。整首词显得结构谨严，安排妥帖，其中又有"不乏唐人高处"的警句就再为全词生色了。所以王国维先生也认为此词"格高千古，不能以常调论也"（《人间词话删稿》）。此外如《夜半乐》第一片与第二片写景，最后一片抒情；《雨霖铃》上片写景叙事，下片抒情：它们也是由《八声甘州》这种形式变化出来的。

　　（二）上片由写景到抒情，下片由追忆到现实情景，结构方法较为复杂，如《曲玉管》：

　　　　陇首云飞，江边日晚，烟波满目凭阑久。立望关河萧索，千里清秋。忍凝眸？杳杳神京，盈盈仙子，别来锦字终难偶。断鸿无凭，冉冉飞下汀洲。思悠悠。　　暗想当初，有多少幽欢佳会，岂知聚散难期，翻成雨恨云愁。阻追游。每登山临水，惹起平生心事，一场消黯，永日无言，却下层楼。

词写别后相思之情。凭栏远眺萧索的秋野而产生孤寂之感，由此引起对京都恋人的思念。"断鸿无凭，冉冉飞下汀洲"，意为双关，既是实景，又暗示恋人音信杳茫，达到了情景交融。下片很自然地追忆往日相聚时的欢乐，感念人生难聚易散。结尾又回到现实情景，用"却下层楼"与词之开始的"凭阑"照应，表明是抒写登楼凭栏的感怀。尽管词意反复曲折，但脉络清楚，首尾完整。

（三）结构单一，一气萦绕而下，如《八六子》：

> 如花貌。当来便约，永结同心偕老。为妙年、俊格聪明，凌厉多方怜爱，何期养成心性近，元来都不相表。渐作分飞计料。　　稍觉因情难供，恁殛恼。争克罢同欢笑。已是断弦犹续，覆水难收，常向人前诵谈，空遣时传音耗。漫悔懊。此事何时坏了。

全词从头到尾都是倾诉人物内心思想情感，表现爱情破裂后而又矛盾纠缠的心理状态。作者采用内心独白的方式，结构单一，虽无大的穿插描写，却有小小波澜，以"当来""何期""元来""渐作""已是""常向"等词语展示人物情绪的反复变化。它不给人以凝重、板滞、单调的感受，表现了作者对人物精神世界的深深发掘。这种形式不仅见于柳永的自我抒情之作，也多见于其描写节序风物的篇章。

（四）现实情景、追忆往昔、寄怀的层层递进，如《浪淘沙慢》：

> 梦觉透窗风一线，寒灯吹息。那堪酒醒，又闻空阶，夜雨频滴。嗟因循、久作天涯客。负佳人几许盟言，便忍把、从前欢会，陡顿番成忧戚。　　愁极。再三追思，洞房深处，几度饮散歌阑，香暖鸳鸯被，岂暂时疏散，费伊心力。殢云尤雨，有万般千种，相怜相惜。　　恰到而今，天长漏永，无端自家疏隔。知何时、却拥秦云态，愿低帏昵枕，轻轻细

说与，江乡夜夜，数寒更思忆。

词的第一片写现实情景，极力描写夜半梦醒后的孤寂之感。第二片追忆往日的情景，与现实的忧戚形成强烈的对比，突出留恋之情。第三片很自然地过渡到寄意抒怀，表达相思之意。词意的层次清楚，很合情理的逻辑。此外如名篇《戚氏》也基本上属于这种型式。

在柳永之后，长调词的创作得到迅速的发展，表现技巧不断完善，艺术水平日益提高，但我们可以看到柳词的铺叙方法和结构型式是被继承发展了，产生了积极的影响。苏轼、秦观、黄庭坚、杜安世、贺铸、周邦彦、李清照、吴文英等词人的长调作品里都留下学习柳词表现技巧的痕迹，而沈唐、李甲、孔夷、晁端礼、万俟咏等人其艺术渊源则直接出自柳永。柳词在两宋社会上是流传最广的，尤其受到下层民众的喜爱。宋人徐度说：

> 耆卿以歌词显名于仁宗朝，官为屯田员外郎，故世号柳屯田。其词虽极工致，然多杂以鄙语，故流俗人尤喜道之。其后欧、苏诸公继出，文格一变，致为歌词，体制高雅，柳氏之作，殆不复称于文士之口，然流俗好之自若也。（《却扫篇》卷五）

这是记述当时柳词流传的实际情形，即使文人词发展起来后，柳词仍在民间有着艺术生命。南宋末年沈义父与张炎等词家，他们一直对率俗的柳词加以指摘，但它在民间仍不断传唱着。

欧阳修及其词

一

北宋前期的两大词人——晏殊与柳永，他们为宋词的发展开辟了道路。他们的词集《珠玉集》和《乐章集》都在社会上流传；同时宋人编的唐五代词人作品集《家宴集》《尊前集》《金荃集》等也相继出现；整个词坛渐渐活跃起来。欧阳修继承了晏殊所代表的文人词传统，也接受了柳永所代表的民间俗词的影响而形成了自己的艺术风格，并开始以诗笔入词，尝试词体的改革，为苏轼的大胆改革词体做了必要的准备。他是宋词从前期向中期发展过程中的关键性人物，起到了承先启后的作用。在北宋文学史上有过巨大功绩的欧阳修，领导了北宋诗文革新运动并取得了胜利。他的词虽然远不能与其诗文成就相比，但却是宋词发展中的一个不可忽视的环节。

二

欧阳修（1007—1072）字永叔，号醉翁，晚年又号六一居士，谥文忠；庐陵（江西永丰）人。父欧阳观于宋真宗咸平三年（1000）进士及第。欧阳修四岁时，父死于泰州军事判官任，母郑氏年方二十九岁，贫无所依，携修往随州叔父家居住。因家境贫困，母亲以荻画地教修识字。宋仁宗天圣八年（1030）晏殊知贡举，时欧阳修二十四岁，试礼部第一，进士及第，五月以秘书省校书郎充西京（河南洛阳）留守推官。当时西昆诗派领袖人物之一钱惟演为西京留守，其幕府里聚集了一大批名士。欧阳修"与尹师鲁（洙）、梅圣俞（尧臣）尤善，日为古文诗歌，遂以文章名冠天下"（胡柯《庐陵欧阳文忠公年谱》）。庆历三年（1043）范仲淹等进行社会改革，施行新政；欧阳修以右正言直除知制诰知谏院事，在舆论方面积极支持新政，对守旧势力做了坚决斗争。庆历新政失败后，也因政敌的诬陷而使欧阳修入狱，庆历五年（1045）八月贬谪任滁州（今属安徽）知州。嘉祐二年（1057）正月，欧阳修五十一岁，权知礼部贡举，改革文风，录取了苏轼、苏辙和曾巩等人。当时"文士以新奇相尚，文体大坏。修深革其弊，前以怪僻在高第者，黜之几尽，务求平淡典要。士人初怨怒骂讥，中稍信服，已而文格变而复正"（《神宗实录·欧阳修传》）。这标志了北宋古文革新运动的胜利。宋神宗熙宁四年（1071），欧阳修因反对王安石变法，六月以观文殿学士太子少师致仕，归颍州（安徽阜阳）私第居住，次年七月卒，年六十六岁。

北宋文化高潮中，欧阳修是第一个代表人物：著述丰富，学识渊博。今存《欧阳文忠公全集》一百五十三卷，包括《居士集》五十卷，《居士外集》二十五卷，《易童子问》三卷，《外制集》三卷，《内制集》八卷，《表奏书启四六集》七卷，《奏议集》十八卷，《杂著述》十九卷，《集古录跋尾》十卷，《书简》十卷。另有《新唐书》《新五代史》《毛诗本义》等著作。《杂著述》十九卷内有其词《近体乐府》三卷。

欧阳修是以余力作词的，宋人对他的词评价很高。李之仪说："良可佳者晏元献、欧阳文忠、宋景文，则以其余力游戏，而风流闲雅，超出意表，又非其类也。"（《跋吴师道小词》，《姑溪居士文集》卷四十）王灼说："晏元献公、欧阳文忠公风流蕴藉，一时莫及，而温润秀洁，亦无其比。"（《碧鸡漫志》卷二）清人周济将欧阳修与其同时以余力为词的北宋名臣比较，认为："韩（琦）、范（仲淹）诸巨公，偶一染翰，意盛足举其文，虽足树帜，故非专家，若欧公则当行矣。"（《宋四家词选目录序论》）获得"当行"的评价是很不容易的。

欧阳修像

三

欧阳修的词集，自宋以来流传着《欧阳文忠公近体乐府》与《醉翁琴趣外篇》两种；而《琴趣外篇》内有艳词七十余首，它是否为欧阳修所作已成千古疑案。宋人曾慥说："欧公一代儒宗，风流自命，词章窈眇，世所矜式。乃小人或作艳曲，谬为公词。"（《乐府雅词序》）蔡絛说："欧阳修之浅近者，谓是刘煇伪作。"（《西清诗话》）大致古代词论家们都否定这些艳词是欧阳修所作的。《琴趣外篇》长期以来不甚流传，自 1917 年收入《景刊宋金元明本词》之后，始渐渐引起学界的注意。胡适说："后人以为'欧公一代儒宗'不应有侧艳之词，遂疑这些艳词是伪作的。其时北宋不是一个道学的时代，作艳词并不犯禁，正人君子并不以此为讳。"[①] 储皖峰考证艳词《忆江南》之后说："他（欧阳修）认定着'人生自是有情痴'，他认定着'办得黄金须买笑'，便在人群里面肆弄他的轻狂，结下了不少风流情债。……他真是个天生情

————————
①　胡适《词选》第 60 页，商务印书馆，1932 年。

种，同时可以了解他的艳词的来源。"① 此后词界论及欧词时都将这部分艳词算作其的作品，并据此来评价欧阳修词。如说：像欧阳修这种完全是诗人气质的人，写有几首艳词，正好是他一点私人生活的透露，原是非常可爱的。前人完全以卫道的精神，把他这一点情感的生机要全部淹没，真未免过于腐朽了。或认为：这样表达真实的热烈的爱的生活作品是难得的，后人反为曲讳，说是刘煇伪作，实在大可不必。欧阳修词的真伪是可以考辨清楚的，无论卫道辩者或个性解放鼓吹者都难以改变文学史上客观的事实。

现在所能见到的欧阳修词集的祖本是南宋庆元二年（1196）罗泌校正的《近体乐府》三卷。罗泌对欧阳修词的整理，是当时周必大组织的《欧阳文忠公集》整理工作的一部分。这三卷词自此随欧阳修全集而流行于世。周必大跋语云："《欧阳文忠公集》自汴京、江、浙、闽、蜀，皆有之……故别本尤多。后世传录既广，又或以意轻改，殆甚讹谬不可读。庐陵所刊，抑又甚焉，卷帙丛脞，略无统纪，私窃病之，久欲订正。"欧阳修全集的情况在当时既已如此，而全集中之《近体乐府》其讹误就更甚了。欧阳修逝世之后，宋神宗"命学士为诏，求书于其家"。熙宁五年（1072）由其子欧阳发等据家集本编定并缮写进呈的欧阳修文集，"杂著述十九卷"② 之中便有《近体乐府》三卷。罗泌跋语云：

（公）吟咏之余，溢为歌词，有《平山集》盛传于世，曾

---

① 储皖峰《欧阳修〈忆江南〉词的考证及其演变》，《现代学生》第 2 卷第 8 期，1933 年。
② 据《欧阳文忠公集》附录吴充所作的《行状》及欧阳发所述欧公《事迹》。

慭《雅词》不尽收也。今定为三卷,且载乐语于首,其甚浅近者,前辈多谓刘烨伪作,故削之。元丰中崔公度跋冯延巳《阳春录》,谓皆延巳亲笔,其间有误入《六一词》者。近世《桐汭志》《新安志》亦记其事。今观延巳之词往往自与唐《花间集》《尊前集》相混,而柳三变词亦杂《平山集》中。则此三卷或甚浮艳者,殆非公之少作,疑以传疑可也。

罗泌在整理时删削了部分"甚浅近者",而对那些"甚浮艳者"则采取"疑以传疑"的方法保留于《近体乐府》中。他所依据的词集主要是《平山集》,但同时又提到《六一词》,加上欧阳发辑的《近体乐府》,则共有三个本子。欧阳修于庆历八年(1048)知扬州军州事,在蜀岗上作平山堂,暑时于堂中歌舞宴饮。《平山集》亦称《平山堂集》(见《古今词话》引《西清诗话》),当是欧阳修知扬州时所辑之歌词集。欧阳修于熙宁三年(1070)始自号六一居士,《六一词》当是他晚年致仕后所辑之歌词集。陈振孙《直斋书录解题》卷二十一著录有:"《六一词》一卷,欧阳文忠公撰"。从罗泌跋语看来,《平山集》与《六一词》在流传过程中已混入冯延巳、柳永等人作品,甚至"浅近"与"浮艳"者,因此他初步作了校正考异。

《近体乐府》目前常见的有收入《景刊宋金元明本词》的《景宋吉州本欧阳文忠公近体乐府》三卷、收入《四部丛刊》的元刊本《欧阳文忠公集》之《近体乐府》三卷和清乾隆二十四年(1759)欧阳安世等校刊的祠堂本《欧阳文忠公全集》卷一三一至一三三的《近体乐府》三卷。这三种只吉州本多《渔家傲》十二首鼓子词和续添《水调歌头》一首,而祠堂本则去掉罗泌跋语及校记以保持全集编排的统一性。它们实际同出一源，通称全集本。

吉州本三卷，词一九四首，系出自庆元二年编定的《欧阳文忠公集》，故于每卷之卷首均标明全集卷数。缪荃孙跋云："乐府分为三卷，且载乐语于首，据罗泌跋，即泌所手定，是此本庆元二年刊于吉州；元明均有翻刻，此则祖本也。"（《景刊宋金元明本词·景宋吉州本欧阳文忠公近体乐府》附）明代毛晋刊行《宋六十名家词》据全集本校勘而更名为《六一词》以复其旧称。毛本将原三卷合为一卷，去掉原卷首乐语，删削误入之词，收词一七一首。《四库全书》所收者即毛本。毛本也属全集本系统。近世林大椿校辑的《欧阳文忠公近体乐府》三卷（民国二十年商务印书馆排印），跋语称："兹编依据元刊，以毛本乾隆丙寅间庐陵祠堂本覆校之，别为校记一卷，至集中往往羼入他人之作，观罗跋则在当时已然，不自今始。"林本收词一八〇首。唐圭璋《全宋词》用景宋吉州本，收词一七六首。以上可见，全集本系统的欧阳修词，其源流是很清楚的，诸本编次陈陈相因，基本上一致。在前人考异的基础上再进行考辨，欧阳修词实为一百四十二首①。

《景宋本醉翁琴趣外篇》六卷，亦收入《景刊宋金元明本词》。据陶湘《景刊宋金元明本词叙录》云，此本最早见于毛扆钞本，后张元济先生又得后三卷，于是"湘假以补完，而欧公《琴趣》末叶仍有缺字，盖毛钞即从此宋本出"。他确认此本"盖出南宋中叶"。《琴趣外篇》目录及每卷卷首标明撰者为"文忠公欧阳修永叔"。这个题款显然不足为信，欧阳修不会自称"文忠公"，"文忠"是其谥号。宋代公私藏书著录皆无关于《琴趣外篇》的记载，

---

① 参见谢桃坊《欧阳修词集考》，《文献》1986 年第 2 期。

其来源是很不清楚的。元代吴师道在其《吴礼部诗话》中最早谈到这个词集。他说：

> 欧公小词，间见诸词集。……近有《醉翁琴趣外篇》凡六卷，二百余首，所谓鄙亵之语，往往而是，不止一二也。前题东坡居士序，近八九语。所云："散落尊酒间，盛为人所爱，尚犹小技，其上有取焉者。"词气卑俗，不类坡作，益可证作词之伪。

这与《景宋本醉翁情趣外篇》本卷数词数相符，只多苏轼之序。苏序既不见苏轼文集而又"词气卑陋"，所以吴师道认为《外篇》是伪作。《琴趣外篇》收词二百零三首，其中见于《近体乐府》者有一百二十五首，此外的七十八首大都属于通俗的艳词。这两部分词中又混有五代及宋初词人作品。根据这种情况可以假设：南宋时书贾将欧阳修词选取部分，羼入民间流行的通俗而浮艳者编为一集，题为"文忠公欧阳修永叔"撰，并伪制苏轼序以广流行。这个假设虽近情理，但是王灼《碧鸡漫志》卷二却有一条重要记载：

> 欧阳永叔所集歌词，自作者三之一耳。其间他人数章，群小因指为永叔，起暧昧之谤。

可见欧阳修除了曾手辑《平山集》和《六一词》而外，还编辑过一种歌词集。据王灼粗略估计，欧阳修自作之词占三分之一，其中他人的艳词，特别是《忆江南》和《醉蓬莱》被群小诬为欧阳修所作，并与"盗甥"之说①附会起来，以"起暧昧之谤"。王灼去欧阳修时代不远，他说欧阳修所集歌词的性质及其中数章诬谤欧公的艳词等情况，完全与《醉翁琴趣外篇》冥若合符。《外篇》中欧阳修自作约占半数，同时收他人之作，数章艳词也在其内。可见它确为欧阳修编集者。

为什么欧阳修要编集这种歌词集呢？可以说这是士大夫们一种雅好的风尚。士大夫们于公余之时往往以歌舞宴饮来遣兴娱宾。他们在官署有官妓们歌舞侑觞，在家里有家妓们浅斟低唱；所以编集一本时新歌词集以供官妓或家妓习唱是很有实用意义的。北宋初年出现的《尊前集》是继《花间集》之后的一部歌词集，供歌妓们于花间尊前所用；雍熙三年（986）子起序的《家宴集》收唐末五代诸家词，是供家妓用的歌词集，"为其可以侑觞，故名《家宴集》"（《直斋书录解题》卷二十一）。在欧阳修的时代还流行过《时贤本事曲子集》，收录当代名公所作新词并缀以词话。《景宋吉州本欧阳文忠公近体乐府》卷二《渔家傲》调下小字注有："《京本时贤本事曲子后集》云"，可见继杨绘之后尚有续编者。因此，欧公集己词及流行歌词为一集是不足为奇的；而且《外篇》中选有通俗的艳词也不足为奇了。因为当时不仅官署中的官妓有

---

① 北宋庆历五年（1045），范仲淹等庆历新政诸公已在守旧势力的打击下纷纷被贬谪，改革派只有欧阳修一人尚在朝中；时欧阳修以龙图阁直学士为河北都转运使。这年五月欧阳修外甥女张氏因私通仆人而下开封府狱。政敌们以为打击欧阳修的时机到来，宰执大臣暗中操纵案件的审理，通过狱吏利用张氏畏罪心理，制造诬陷欧公的丑闻，说他与张氏有暧昧关系，遂被牵连入狱。审理过程中苏安世、王昭明等较正直的官吏据实勘问，结果以欧阳修用张氏资财置田产立户不明事奏闻。八月，欧阳修落龙图阁直学士、罢都转运使贬谪滁州。关于此事详见谢桃坊《欧阳修狱事考》，《文史》第28辑，中华书局，1987年。

时演唱流行的艳词，甚至宫廷中也要演唱艳词的。清人陆鋆《问花楼词话》云："欧阳公宋代大儒，诗文之外喜为长短调，凡小词多同时人作，公手辑以存在，与公无涉，一时忌公者，藉口以兴大狱。"这也是就《琴趣外篇》而言的。根据这些线索，《外篇》的性质便可基本确定了。

如果将《琴趣外篇》之七十余首艳词与《近体乐府》相比较，不难发现它们有明显而重要的区别。《外篇》多用北宋以来民间流行的曲调，如《醉蓬莱》《鼓笛慢》《忆芳时》《锦香囊》《系裙腰》《好女儿令》《盐角儿》《解仙佩》等近于柳词用的俗调；《近体乐府》则用唐五代以来常见的词调，如《玉楼春》《蝶恋花》《渔家傲》《采桑子》等，与晏殊等人用调习惯相同。它们在用调方面是出自不同系统的。《近体乐府》在语言方面比较雅致，词语自然平易却很少使用民间俗语词汇和口语化的语言。《外篇》中如：

但向道，厌厌成病皆因你。(《千秋岁》)

细把身心自解，只与猛挤却。又及至见来了，怎生教人恶。(《看花回》)

都为是风流眹。至他人，强来厮坏。(《宴瑶池》)

不知不觉上心头，悄一霎身心顿也没处顿。(《怨春郎》)

这些俚俗语句，有的已很费解。《近体乐府》固然"风流蕴藉"却没有色情描写。《外篇》便有许多露骨的色情描写，如：

半掩娇羞，语声低颤，问道有人知么？强整罗裙，偷回波眼，伴行伴坐。(《醉蓬莱》)

丁香嚼碎偎人睡，犹记恨、夜来些个。（《惜芳时》）

划袜重来。半軃乌云金凤钗。行笑行行连抱得，相挨。一向娇痴不下怀。（《南乡子》）

这些描写大大超过了柳词的程度。柳永曾因作浮艳之词而见黜于宋仁宗，直至改名后方得磨勘转官。欧阳修不可能作艳词以自污清白，给政敌们以口实。宋人评论欧阳修词，以为它"风流闲雅""体制高雅""温润秀洁"，而从来未提到过欧阳修写了大量艳词。《近体乐府》的词旨，如罗泌所说"温柔宽厚，所得深矣"，能体现出欧阳修的品格。《外篇》中却有许多轻佻浮滑的语句，如：

妾解清歌并巧笑，郎多才俊兼年少。（《渔家傲》）

早是肌肤轻渺，抱著了，暖仍香。（《好女儿令》）

慧多多，娇的的。天付与、教谁怜惜。除非我、偎著抱著，更有何人消得。（《盐角儿》）

低声地、告人休恁。月夕花朝，不成虚过，芳年嫁君徒甚？（《夜行船》）

这些词的作风与所表现的品格都与欧阳修太不相类了。虽然作家的艺术风格具有多样性和丰富性，但其基本特征，即构成风格稳定性、一贯性的特征，还是能辨认出的。就《外篇》七十余首艳词的风格和词旨而言，它都不可能是欧阳修作的。郑振铎先生说："我们看在《醉翁琴趣外篇》里有许多为《六一词》所不收的词。……这和《六一词》的作风太不相同了，显然不是出于同一词人的手笔。"① 从我们关于欧阳修词集版本的考察亦证实了郑振铎先生的推测。

　　既然《琴趣外篇》系欧公辑己作与流行歌曲之集，其中一二五首见于《近体乐府》者固为欧阳修所作，则其余的七十八首艳词便与欧公无涉了。现在我们评论欧词是不能以《醉翁琴趣外篇》为据的，而应以《近体乐府》经考辨之后的一四二首欧词为据，这样才不致因毫厘之差而导致歪曲欧阳修的品格及其艺术面目。

---

① 　郑振铎《插图本中国文学史》第 481—482 页，文学古籍社，1959 年。

四

　　欧阳修说："修不幸，生四岁而孤。太夫人守节自誓，居贫，自力于衣食，以长以教，俾至于成人。"（《先君墓表》，《居士外集》卷十二）他欲摆脱这种困窘的环境，唯一的出路是通过科举考试进入仕途，因此勤奋苦学，遂在二十四岁时终以优异成绩进士及第。次年，天圣九年（1031）三月到西京洛阳。在西京的三年间对于欧阳修后来的文学成就是有决定意义的。他回忆当日与钱惟演、尹洙、梅尧臣等愉快而充满豪情的生活："我昔初官便伊洛，当时意气犹骄矜。主人乐士喜文学，幕府最盛多交朋。园林相映花百种，都邑四顾山千层。朝行绿槐听流水，夜饮翠幕张红灯。"（《送徐生之渑池》，《居士集》卷五）他追述当日歌舞宴乐的情形说："洛阳古都邑，万户美风烟。……水云心已倦，归坐正杯盘。飞琼始十八，妖妙犹双鬟。寒簧暖凤嘴，银甲调雁弦。自制白云曲，始送黄金船。朱帘卷明月，夜气如春烟。灯花弄粉色，酒红生脸莲。东堂榴花好，点缀裙腰鲜。插花云鬟上，展簟绿阴前。"（《书怀感事寄梅圣俞》，《居士外集》卷二）"飞琼"为古代瑶台仙女许飞琼，这里借指歌妓。欢乐热烈的场面给欧阳修留下了深刻的印象。在这诱发创作灵感的良好环境里，欧阳修不仅写了大量的诗文而"名冠天下",还开始了词的创作。这期间的词作有《玉楼春》（"春山敛黛低歌扇""尊前拟把归期说""洛阳正值芳菲节"）、《临江仙》（"柳外轻雷池上雨"）、《浪淘沙》（"把酒祝东风"）、《凉州令·东堂石榴》、《少年游》（"玉壶冰莹兽炉灰"）、《洛阳春》等。因此，可以说欧阳修词的创作是始于西京的，他当时正是初展文学才华的年轻人。

欧阳修词创作活动时期从宋仁宗天圣九年（1031）至宋神宗熙宁五年（1072），即从其二十五岁至六十六岁的四十二年间，基本上可将其词以庆历六年（1046）贬谪任滁州知州为限而分为前期和后期。他于宝元二年（1039）与友人书云："仆知道晚，三十年前尚好文华，嗜酒歌呼，知以为乐，而不知其非也。及后少识圣人之道，而悔其往咎，则已布出而不可追矣。圣人曰：勿谓小恶而无伤。言之可慎也如此。为仆计者，已无奈何，惟有力为善以自赎尔。"（《答孙正之》，《居士外集》卷十八）这年欧阳修三十三岁，其思想与审美趣味正酝酿着一个深刻的转变，而促进这个转变的实现则是三十九岁时（庆历五年）因被诬入狱而贬谪滁州。由于政治斗争经验的积累，他趋于成熟，领导了北宋诗文革新运动，以"一代儒宗"的面目出现。从其在滁州以后的词作来看，风格上呈现显著的变化。但是，欧阳修前期十五年的创作在其整个词作中是有特别重要意义的，它在继承传统词的基础上已渐渐形成了自己的艺术风格。

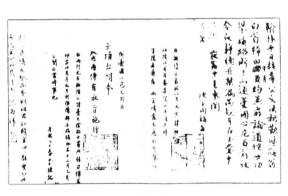

欧阳修手迹

在欧阳修创作的时代，词坛主要存在着三种势力的影响，即传统的花间词风，以晏殊为代表的和婉典雅的词风，以柳永为代表的俗词在都市下层广泛流行。这些影响在欧阳修前期的词作里是存在着的。用比兴的手法，以极凝练的方式抒写相思之情，这是花间词中常见的。欧阳修学习这种表现方式的如《长相思》：

> 花似伊，柳似伊。花柳青春人别离。低头双泪垂。长江东，长江西。两岸鸳鸯两处飞。相逢知几时？

自晚唐以来，写花间尊前歌妓的情态是传统的艳科题材之一。欧阳修前期的一些歌妓词无论在内容和形式方面均未摆脱传统的艳科的影响，如五首《减字木兰花》都是如此，其三云：

> 楼台向晓，淡月低云天气好。翠幕风微，宛转梁州入破时。　　香生舞袂，楚女腰肢天与细。汗粉重匀，酒后轻寒不著人。

这类词都是学花间词风的。欧阳修也喜爱民间流行的俗词，并且认真学习过的，如其《御带花》下阕云：

> 雍容熙熙昼，会乐府神姬，海洞仙客。拽香摇翠，称执手行歌，锦街天陌。日淡寒轻，渐向晓、漏声寂寂。当年少，狂心未已，不醉怎归得！

词用白描和铺叙的手法，与柳永所写的元宵词在表现上几乎同出一辙。又如《摸鱼儿》的"况伊家年少，多情未已难拘束。那堪更趁凉景，追寻甚却垂杨曲。佳期过尽，但不说归来，多应忘了，云屏去时祝"。这是用通俗的语言表现了市民生活的情趣。欧阳修还有一首脍炙人口的小词《南歌子》：

> 凤髻金泥带，龙纹玉掌梳。走来窗下笑相扶。爱道画眉深浅、入时无？　　弄笔偎人久，描花试手初。等闲妨了绣功夫。笑问双鸳鸯字、怎生书？

关于词中描写的对象，胡适以为"是写一个很放浪而讨人喜欢的女孩子。此女子确不是倡女，乃是住在他家的"①。但细味此词，所写的应是一位贵族少妇，因为北宋多次诏令禁止民间妇女以泥金为饰的，"凤髻金泥带"这样的严妆只有贵妇才配的。词中用了唐代朱庆余诗句"妆罢低声问夫婿，画眉深浅入时无"之意。显然所描写的对象不仅"住在他家的"，而与他是夫妻的关系。欧阳修二十五岁在西京时与翰林学士胥偃之女结婚，胥夫人年仅十七岁。这位夫人是贵家之女，词当是新婚时赠内之作，表现了少妇娇媚可爱和对爱情幸福的大胆追求。这与柳词《定风波》的"镇相随，莫抛躲，针线闲拈伴伊坐"甚相酷似，可见学习柳词的痕迹。像这样生动活泼的词，在欧阳修后来的创作中没有再出现了。

---

① 胡适《欧阳修的两次狱事》，原载《吴淞月刊》1929 年第 1 期，收入《胡适文存三集》卷 7，亚东书局，1930 年。

罗泌跋欧阳修词集

欧阳修出自晏殊门下，虽然晏殊对他并不亲切，而他却始终对之表示尊敬。从其词作来看，受晏殊的影响最深，故词史上晏欧并称。吴梅说："元献与文忠，学之既至，为之亦勤，翔双鹄于交衢，驭二龙于天路。且文忠家庐陵，元献家临川，词之有江西派，转在诗先。"① 南唐冯延巳词对欧阳修词的影响是通过晏殊而发生作用的。欧阳修早年在洛阳作的几首《玉楼春》在情感发掘的深度，词意的曲折含蕴，语言的典雅流畅，音节的谐婉等方面都继承了晏殊词的优长，而又具有自己的艺术个性。如其中的《玉楼春》：

> 尊前拟把归期说，未语春容先惨咽。人生自是有情痴，此恨不干风与月。　　离歌且莫翻新阕，一曲能教肠寸结。直须看尽洛城花，始共春风容易别。

词写与歌妓惜别之情，雅而不艳；词意被诗化后变得含蕴而近于朦胧。饯别时，双方都怕触动悲伤的情绪；拟说归期而见春容已经惨咽，又何忍说呢？尊前的离歌休要再唱，离人的愁肠已寸结了。前后两结，初看似情感的自我解脱，而表现的隐晦之意是：人生的那种"情痴"，与物有情，并不仅仅因为儿女之情；这种情意的深厚长久，就如春花与春风一样互为依存，相与终始。它表现了士大夫纤细的温情。王国维先生特别欣赏，以为"于豪放之中有沉著之致，所以尤高"（《人间词话》）。此外如《浪淘沙》的"垂杨紫陌洛城东，总是当年携手处，游遍芳丛"，"可惜明年

---

① 　吴梅《词学通论》第 69 页，商务印书馆，1933 年。

花更好，知与谁同"，词意虽然明显，然其往复含蕴的抒情方式也基本上与《玉楼春》是一致的。欧阳修正是发展了这一路词而形成其艺术个性的。自清代以来，词论家过分强调冯延巳词对欧阳修的影响，而忽视他对晏殊词的继承与发展，这是不符欧词实际情形的。

欧阳修作诗主张遵循传统的诗人之旨。他说："古者，《诗》三百篇，其言无所不有，惟其肆而不放，乐而不流，以卒归乎正。此所以为贵也。"（《礼部唱和诗序》，《居士集》卷四十三）这种主张也反映在其词作里。宋人罗泌说："公性至刚，而与物有情，盖尝致意于《诗》，为之《本义》（欧公著有《诗本义》），温柔宽厚，所得深矣。吟咏之余，溢为歌词。"（《欧阳文忠公近体乐府跋》）因此，欧词进一步发展了《珠玉词》雅致的倾向，而却更富于抒情的特色，遂与传统的艳科有别。我们试看其名篇《踏莎行》：

> 候馆梅残，溪桥柳细。草薰风暖摇征辔。离愁渐远渐无穷，迢迢不断如春水。　　寸寸柔肠，盈盈粉泪。楼高莫近危阑倚。平芜尽处是春山，行人更在春山外。

这是抒写旅人别家后的思绪。在一个柳细风暖的阳春，旅人踏上了征途。与家人别离的愁绪，偏偏离家愈远而愈浓，它正像一条流不断的溪水。词的下阕由"离愁"而转为思念之情。这思念具体化为内心对家人的慰藉和体贴。想象她已是柔肠寸断、粉泪盈脸了，但愿她不要登楼凭栏而望；因为行人去远了，只能望见远远的平芜，而平芜之外是春山，行人已被春山隔断了。这表现了作者真挚而深厚的情感。又如《蝶恋花》：

面旋落花风荡漾。柳垂烟深，雪絮飞来往。雨后轻寒犹未放，春愁酒病成惆怅。　　枕畔屏山围碧浪。翠被华灯，夜夜空相向。寂寞起来褰绣幌，月明正在梨花上。

词的上阕抒写由于春归而引起的惆怅情绪。春风荡漾，吹起落花旋舞，这是春意阑珊、红英狼藉的景象，面对此景总是会引起一种悲凉的感受。柳树的枝叶渐茂，缕条长垂，淡烟轻笼，絮花悠扬飘舞，标志着春的归去，初夏即将来临。眼前的景物令人感到凋残凄伤，而雨后的阴云未散令人更觉压抑和沉闷。词意遂由写景而转入抒情。为了排遣春愁而饮酒，愁绪未遣反因饮酒而沉醉如病。由于春愁与酒病的交织，又触景生情，痛苦地思念往事。惆怅便是思念往事而引起的一种失意的感伤的复杂情绪。上阕通过写景逐步引出了抒情主体的惆怅情绪，下阕便具体表现这种情绪。显然，这种感伤不是一般的淡淡春愁，而是一种痛苦的追忆。按词意的发展，作者也可倒叙往事并点明抒情对象的，然却有意省去，使词意含蓄而扑朔迷离。上阕写的是园亭的昼景，下阕写的是夜里室内的感受，时间与场景在上下分片之间转换了。寝室内的陈设是很华丽的，但绣屏、翠被、华灯都成虚设，仅仅作为感念的对象而存在：夜夜如此，空自相对。它们的华丽与室内的寂寞形成极不协调的对比，室内似乎缺少了什么。这缺少的应是室内的女主人。没有她，一切的陈设都无意义，室内也空虚冷清了。由于春愁酒病，入夜以来寂寞难寐，反反复复以致夜深了。撩开绣幌，似乎想寻觅什么，以暂时消除一点寂寞之感。撩开帷幌后，见到月光正柔和地照着洁白的梨花。也许洁白的花勾引起抒情主体关于往事的回忆，或者竟是环佩空归月下魂，化作此花幽独？结句充满无限的深情，是全词情绪的高潮，然而它是以富于诗意美的自然形象暗示的，强烈的情绪隐藏了，显得淡淡的。全词所表现的惆怅情绪，因作者采取间接的表达方式，善于融景入情，妙于隐去本事线索，所以词意特别蕴藉。作者不直接言情，而通过写景和人物的动作描叙表现出一种深沉的惆怅，包藏着巨大的内心痛苦。这首词在思想和艺术方面都是极成熟的了。欧阳修前期的词里也保存了一些托拟妇女语气的代言体作品，但已去掉了浮艳的习气，对贵族妇女的心理和情感有细致深入的描写，如其《玉楼春》：

> 别后不知君远近，触目凄凉多少闷。渐行渐远渐无书，水阔鱼沉何处问？　　夜深风竹敲秋韵，万叶千声皆是恨。故欹单枕梦中寻，梦又不成灯又烬。

词的起笔便直接进入别后情形的描述。女主人公所怀念的对象是其夫君。"别后不知君远近"表现了她是自来深锁香闺，完全不知社会世情，以致对双方相隔的实际地理空间距离都难以确切地判断。自从别后，她失去了精神上的依托，虽然家里一切事物未变，在昔感到舒适欢乐，而今却触目凄凉，并由此产生无端的愁闷。她的许多忧愁全都闷在自己心里，无人可诉。离别愈远，音讯渐无。这是对思妇的精神打击，其中包含了对丈夫情感不稳定和家庭不幸的种种疑虑的产生。古代驿传音书，道路遥远，交通困难，有时要拖延很久的时间。因而渐远无书很可能是一种暂时的现象，也许书信尚在驿传途中。思妇由于特殊的心情是易发生种种猜测的。她很想得知消息，探明征人的情况，因书信渐无，无处探问。古时受过封建礼法教育的妇女总是压抑个人的情感，因而往往对丈夫的消息也羞于在人前探问。这位妇女所感到的凄凉、愁闷和烦恼全部郁积在个人的内心里。她于秋夜难寐，静听着室外的秋声。这是由西风瑟瑟吹动竹林而感知的。思妇由于一种联想，使她感到秋声好似心中积恨爆发的象征，叶叶声声俱有怨恨之意。可以理解，这种恨还不是恨其所思念的对象本身，而是因别后相思的困恼所致，表现出思念者强烈的情感迸发。正因她不是痛恨丈夫而是执着地思念，所以在深夜痛苦无聊时才"故欹单枕梦中寻"。她只能盼望在梦中寻到丈夫，与他见面，以满足别后的渴望。当前过于强烈的意愿尚未转入潜意识是不能构成梦境的。好梦不成，愿望落空，留下的仍是凄凉、愁闷和怨恨。兰膏已完，灯花成烬而落，标明时间已过深夜。兰烬落去使室内更加凄凉黯淡，思妇的心情可想而知了。全词至此，反复曲折，层层深入将别恨与思念的情绪表述到了极致。结句"梦又不成灯又烬"是理解词的具体抒情环境的关键。词中叙述别后的情形和表达别后的相思，都是在凄瑟的秋夜，欹枕思念，好梦不成，灯花落尽的情形下思妇所感受的情绪。抒情主人公是富于教养的贵族妇女，其别恨和思念都具有深沉精细与温柔敦厚的特点，体现了其优雅多情的品格。欧阳修笔下的妇女，其情感表达方式大都如此，如：

蓦然旧事上心来，无言敛皱眉山翠。（《踏莎行》）
纵有远情难写寄，何妨解有相思泪。（《蝶恋花》）
阑干依遍重来凭，泪粉偷将红袖印。（《玉楼春》）

樽前擬把歸期說未語春容先慘咽人生

自是有情癡此恨不關風與月　離歌且

莫翻新闋一曲能教腸寸結直須看盡洛

城花始共春風容易別

五

洛陽正值芳菲節穠艷清香相間發游絲

有意苦相縈垂柳無端爭贈別　杏花紅

處青山缺山畔行人山　下歇今宵誰肯遠

相隨惟有寂寥孤舘月

《影刊宋金元明本词》之《近体乐府》书影

欧阳修具有进步的人生理想和审美理想，一生积极投入了政治改革和诗文革新运动。他在词中所表现的对生活充满信心和希望正是其审美理想的反映。他最珍视现实的幸福，懂得它的宝贵价值："劝君著意惜芳菲，莫待行人攀折尽"（《玉楼春》咏柳）；"莫教辜负艳阳天，过了堆金何处买"（《玉楼春》）。他愿留住欢乐，青春永驻："良宵短，人间不合催银箭"（《渔家傲·七夕》）；"戴花持酒祝东风，千万莫匆匆"（《鹤冲天》）。他总是坚信未来是美好的："芳心只愿长依旧，春风更放明年艳。"（《凉州令》）

　　前人论欧阳修词所说的"体制高雅""终有品格"，"沉著在和平中见"等等，基本上是指其前期沉挚浑厚而又婉约的词。这些词在欧阳修词里是最有特色的，而且是艺术成就最高的。它最能体现欧阳修词的基本艺术特征。欧阳修词与晏殊词比较，它们的相同之点颇多，如强调诗人之旨为指导，使用优雅的笔调，蕴藉的抒情方式，表现温柔敦厚的情感等。但是，欧阳修词的语言流动明畅，辞藻雅致自然，对情感的发掘则更为深刻，词意有着积极人生理想的光照。这显然是两位词人所处的历史条件和艺术气质相异所致。欧阳修主要是活动于北宋中期，那是一个动荡不安、文艺思潮变化，酝酿着社会改革的时代。欧阳修正是这个时代先进社会思想的优秀代表人物。时代的折光也给这尚非正统文学范围的小词染上了一层淡淡的光彩。

五

　　人们谈到欧阳修在北宋文学史上的巨大功绩时，对其诗文的成就给予了充分的肯定，当然这是应该的；但是往往忽视了其尝试词体革新的意义。欧阳修在诗文方面的成就与影响是超过其词的。词由于因袭传统的艳科和它的特殊的社会功能，要在这个领域里进行革新是困难得多的。欧阳修是进行过词体改革尝试的，这从其后期以诗为词的倾向和艺术风格的转变可以得到证实的。

　　对欧阳修词的编年是较困难的工作，而多数词是缺乏编年线索的。除了其中一部分词可以确定是早年作于西京的而外，还有一小部分词可以考知它们是作于后期的。欧公谪滁后的词作可考的有：

　　《临江仙》（"记得金銮同唱第"）作于庆历六年（1048）。据《湘山野录》卷上："欧阳公顷谪滁州，一同年将赴阆倅，因访之，即席为一曲歌以送。"

　　《朝中措·送刘仲原甫出守维扬》。刘敞字原父。据欧公《集贤院学士刘公墓志铭》，刘敞于至和二年八月使契丹，"三年使还，以亲嫌求知扬州"（《居士集》卷三十五）。至和三年九月改元嘉祐，至和三年即嘉祐元年（1056）。词当作于此年。《嘉靖维扬志》

卷三："嘉祐元年，刘敞出知扬州。"

《渔家傲》十二首，《景宋吉州本欧阳文忠公近体乐府》于第八首后附宋人跋语："乃永叔在李太尉端愿席上作十二月鼓子词。"《宋史》卷四六四《李遵勖传》附有李端愿事。端愿为李遵勖次子，字公谨，英宗初同提举在京诸司库务。时欧公亦在京任吏部侍郎等职。词当作于治平元年。

《渔家傲·与赵康靖公》，词题系出后人追记。赵槩字叔平，谥康靖，庆历间赵槩与欧公同在馆阁。两公致仕后，赵槩于熙宁五年（1072）访欧公于颍州。词作于此年。《苕溪渔隐丛话》后集卷二十三引《蔡宽夫诗话》："文忠公赵康靖公槩同在政府，相得甚欢，康靖先告老，归睢阳；文忠相继谢事，归汝阴，康靖一日单车特往访过之，时年几八十矣；留剧饮逾月，日于汝阴纵游而后返。"

《玉楼春》二首（"两翁相对逢佳节"，"西湖南北烟波阔"），抒写与赵槩相会之情，时在熙宁五年春。

《采桑子》十三首，咏颍州西湖风景。《景宋吉州本欧阳文忠公近体乐府》于《会老堂致语》下注云："熙宁壬子（五年）赵康靖公自南京，访公于颍，时吕正献（公著）为守。"《正德颍州志》卷一："会老堂，宋欧阳公以熙宁四年辛亥致政归颍。初公在两制及枢院政府前后，与赵康靖公同官，迁拜不殊，故相得欢甚。及相继谢事，赵单骑访公汝阴，时年几八十；吕申公（公著）守郡，为作会老堂于西湖书院之傍。"词有云"白首相逢，莫话衰翁，但斗尊前语笑同"，是与赵槩同游颍州西湖作。

以上这些欧阳修后期的词作，是其进行词体改革的尝试。与晏殊比较，欧阳修词的风格是较为丰富的，在词的题材方面也有新的开拓。欧阳修贬谪滁州是其思想最苦闷之时,自号醉翁,头发渐白,而年仅四十岁。他送友人作的《临江仙》深深地表达了这时思想的苦闷:

> 记得金銮同唱第,春风上国繁华。如今薄宦老天涯。十年歧路,空负曲江花。　　闻说阆山通阆苑,楼高不见君家。孤城寒日等闲斜。离愁难尽,红树远连霞。

他所送别的这位友人是当年同时登进士第的,因而令他记起金殿唱第的无限荣幸和春风得意的欣喜。在欧阳修看来,登第不仅仅是意味着踏上仕途,而是由此可以实现儒者的政治理想,期以报效国家。北宋社会的积弊与统治集团的保守是他最初未曾估计到的,所以入仕后做了许多努力与抗争,而结果是“薄宦老天涯”。他感到的还不是个人的不幸,而是有负于君主和国家:“空负曲江花”。词里激荡着时代的回声,反映了庆历改革者失败后的忧国情怀。词以对比的手法,直抒胸臆,真挚动人,读后令人惋惜新政诸公的不幸并对他们政治品格的钦佩。像这样的政治抒情之作,在宋词史上还是别开生面的。

嘉祐元年(1056),欧阳修五十岁,任翰林学士朝散大夫尚书吏部郎中知制诰充史馆修撰,在政治上和文学上的声名已高,成为北宋诗文革新运动的盟主。这年送刘敞守扬州而作的《朝中措》表现了他积极乐观的精神和充满诗意的豪情:

> 平山阑槛倚晴空,山色有无中。手种堂前杨柳,别来几度春风。　　文章太守,挥毫万字,一饮千钟。行乐直须年

少，尊前看取衰翁。

词虽为送友人守扬州而作，实际上是作者自己怀念在扬州时的生活。欧阳修曾于庆历八年（1048）任扬州知州，二月到任，次年移任颍州知州，在扬州仅一年。《嘉靖维扬志》卷七："平山堂在州城西北五里，大明寺侧，庆历八年欧阳修建；江南诸山，拱列檐下，若可攀取，因目之曰平山。"欧阳修在平山堂曾过着豪兴而欢快的生活。宋人叶梦得说："欧阳文忠公在扬州，作平山堂，壮丽为淮南第一。堂据蜀冈，下临江南数百里，真、润、金陵三州隐隐若可见。公每暑时辄凌晨携客往游，遣人走邵伯取荷花千余朵，插百许盆，与客相间，遇酒行，即遣妓取一花传客，以次摘其叶尽处以饮酒，往往侵夜，戴月而归。"（《避暑录话》卷一）欧阳修曾种柳于平山堂前，想象着别后几年它摇曳多姿了。词人得意而自豪地回忆着当年他非凡的才能和惊人的海量，他还认为即使目前也能在尊前以豪饮而取胜于年轻人的。可见这"衰翁"实际上是老而不衰的，仍保持着乐观豪迈的精神。

欧阳修晚年致仕后在颍州西湖作词颇多。他是未到致仕年龄而乞身早退的，因为感到王安石推行新法后，政治局势起了很大变化，而自己在新的历史条件下是不会再有多大的作为了，于是明智地引退。我们从欧阳修晚年的词作来看，他仍表现了一位儒者和一代名臣的可贵的晚节。他保持着不服老的精神，以东晋贤相谢安自许，不改报国初衷："去年绿鬓今年白，不觉衰容。明月清风，把酒何人忆谢公"；"鬓华虽改心无改，试把金觥。旧曲重听，犹是当年醉里声"（《采桑子》）。他还勉励时相，关心朝廷之事："白发主人年未老，清时贤相望偏优"（《浣溪沙》）。在《渔家傲》词里，欧阳修称赞老同事赵槩的功业并以功成身退为荣而互慰：

四纪才名天下重，三朝构厦为梁栋。定册功成身退勇。辞荣宠，归来白首笙歌拥。　顾我薄才无可用，君恩近许归田垅。今日一觞难得共。聊对捧，官奴为我高歌送。

欧阳修对老友称誉备至，而对己则过谦。实际上这两位宋代名臣都以正直无私、锐于言事、勇于报国称著的。在政治斗争中曾结下了深厚的友谊。在他们生命将到终点时，自问是无愧于君国的。欧阳修在后期创作中还出现了较多的写景词。词人习惯以白描的手法和客观的叙述表现自然景物的美，如：

四月园林春去后，深深密幄阴初茂。折得花枝犹在手，香满袖。叶间梅子青如豆。　风雨时时添气候，成行新笋霜筠厚。题就送春诗几首，聊对酒。樱桃色照银盘溜。（《渔家傲》）

天色水容西湖好，云物俱鲜。鸥鹭闲眠，应惯寻常听管弦。　风清月白偏宜夜，一片琼田。谁羡骖鸾，人在舟中便是仙。（《采桑子》）

《渔家傲》十二首与《采桑子》十三首皆联章咏景物，这在词史上属于首创，对以后文人写景词的发展是很有影响的。
　　我们如果将欧阳修后期的词作与其同题材的诗歌作一比较，

便可说明其后期词的艺术表现特点的。如《会老堂》诗：

> 古来交道愧难终，此会今时岂易逢。出处三朝俱白首，凋零万木见青松。公能不远来千里，我病犹堪酹一钟。已胜山阳空尽兴，且留归驾为从容。

此诗与《渔家傲·与赵康靖》同时作的，也是赠赵槩的，其中"出处三朝俱白首"与词的"三朝构厦为梁栋"在内容、句式、表述方式上都基本相同。诗与词从不同方面表现了两老的情谊，而词在题材和文体风格方面完全似诗。再如《初夏西湖》诗：

> 积雨新晴涨碧溪，偶寻行处独依依。绿阴黄鸟春归后，红光青苔人迹稀。萍匝汀洲鱼自跃，日长栏槛燕交飞。林僧不用相迎送，吾欲台头坐钓矶。

此诗与《采桑子》咏西湖十三首比较，它们所咏的景物也依稀相似。即使如《临江仙》和《朝中措》两词，也纯是传统诗歌中常见的言志的内容，表现方式也明显用了诗笔，如"如今薄宦老天涯""孤城寒日等闲斜""平山阑槛倚晴空"等都纯是诗的句法。至如"但须豪饮敌青春""清时贤相望偏优""宦途离合信难期""称庆高堂欢幼稚""即去朝天沃舜聪"等等，就是更为典型的诗句了。欧阳修的这类词真如稍后女词人李清照所谓的"皆句读不葺之诗尔"。

些子事更與何人說爲个甚心頭見底多離別

醉蓬萊

見羞容欲翠嫩臉匀紅素腰裊娜紅藥欄邊惱
不教伊過半掩嬌羞語声低頭問道有人知麽
強整羅裙偷回波眼伴行伴坐
更問假如事還成後亂了雲鬟被娘猜破我且
歸家你而今休呵更爲娘行有此六針線諳未曾
收羅却待更闌庭花影下重來則个

于飛樂

寶奩開美鑑静一掬清蟾新粧臉旋孛花添蜀

《影刊宋金元明本词》之《醉翁琴趣外篇》书影

从上可见，欧阳修后期的词作在构思方面趋于抽象和概括，采取了较为单纯的叙述方式，笔锋老健粗硬，词意较为显露甚至有些粗率，而题材内容尤接近于严肃的宋诗。因此完全可以认为：欧阳修后期较自觉地以诗为词，促使其词风转变，形成了一种新的旷放疏宕的艺术风格。欧阳修前期浑厚沉挚而婉约的风格与后期旷放疏宕的风格，它们在北宋词史上都有着深远的影响。他前期的词与晏殊词共同形成一种宋代文人词婉约的传统，不仅是"深婉开少游"而是影响着以后婉约词的发展。他后期以诗为词，对于词体改革的尝试，是其领导的北宋文学改革运动的一个很小的组成部分。尽管传统词的势力异常地坚固，而他改革词体的成效和影响不如在诗文领域内那样辉煌卓著，但这些以诗为词的旷放疏宕之作在词史上的筚路蓝缕之功是不可隐没的。虽然由于尝试而在艺术表现方面存在生硬粗糙的缺陷，而且一些词的艺术水平不高，但它们却直接地为其门人——北宋诗文革新运动的后继者苏轼之大胆改革词体做了先导。

六

清初文学批评家金圣叹有《唱经堂批欧阳永叔词十二首》[①]，在当时词学界是发生了一定影响，以致清末词家陈廷焯尚从传统的词学观点认为："圣叹评传奇虽多偏谬处，却能独出手眼，至于诗词直是门外汉"。陈廷焯对金批欧阳修词攻讦云：

> 金圣叹论诗词，全是魔道，又出钟（惺）谭（元春）之下。其评欧阳公词一卷，穿凿附会，殊乖大雅。且两宋词家甚多，独推欧公为绝调，盖犹是评《水浒》《西厢》之伎俩耳。以论词之例论曲，尚不能尽合，况以论曲、论传奇之例论诗词，乌有是处？（《白雨斋词话》卷五）

如果我们不存偏见认真地研读金批欧阳修词，不难发现其中有许多评论是相当深刻、新颖和细致的，比起其他的词评家自有其高明之处。金圣叹的文学史观念颇为独特。他以杜诗为唐诗的冠冕，

---

① 《唱经堂才子书汇》内有一卷《唱经堂批欧阳永叔词十二首》，今收入《金圣叹全集》第4册，江苏古籍出版社，1985年。

这固无异议；而以欧阳修词为宋词之绝调，则似不甚恰当。的确，"两宋词家甚多，独推欧公为绝调"，其理由何在呢？可惜他并未像评点《水浒》《西厢》和《杜诗》那样做点解释。显然他是以为词最能代表有宋一代之文学，而欧阳修词又最能代表宋词。一般说来，欧阳修词可以被看作北宋婉约词的典型形态，因而批欧阳修词反映了金圣叹关于宋代文学的基本见解。他选批的十二首欧词都是属于欧阳修三十九岁贬谪滁州之前的"少作"，题材为传统的"艳科"，它们基本上能体现欧阳修词浑厚沉挚而婉约的艺术风格。它们很可能较符合其审美趣味，因而以为欧阳修词特具艺术魅力："其法妙不可言"，"真奇绝之笔"。

金圣叹使用评小说戏曲的方法以评词，注意探讨作者的创作心理，细致分析章法结构，既有夹批，又有尾评，能从整篇作品出发进行较全面具体的艺术剖析。这种评词的新方法，能引导读者在理解字句的基础上进入艺术欣赏，从而获得审美的享受。如欧阳修的《长相思》：

深花枝，浅花枝。深浅花枝相并时。花枝难似伊。

玉如肌，柳如眉。爱著鹅黄金缕衣。啼妆更为谁？

许多选本都不收此词，以为它浅俗，金圣叹却别具只眼以之压卷。他于上阕夹批云："四句十八字，一气注下，中间更读不断，真是妙手。看他四句有四个'花枝'字，两个'深'字，两个'浅'字。"经此番指点，使读者注意词的结构特点。作者前三个"花枝"是突出花枝的深浅相映而异常和谐美艳，引出第四个"花枝"作比以赞叹年轻女子的美艳。词的下阕夹批云："后半不称"。尾批云："只看前半阕，不用一字，只是一笔写去，却成异样绝调。后半阕偏有许多'玉肌''柳眉''鹅黄''金缕''啼妆'等字，偏觉丑拙不可耐。然则作词之法，固可得而悟也。"词的下阕多用有些俗气的词语，与上阕雅致含蓄"不称"，但全词上下互映，连续用比，形象生动，音调谐美，结构小巧；所以金圣叹以为可由此而悟"作词之法"。陈廷焯说："欧阳公《长相思》词也，可谓鄙俚极矣，而圣叹以前半连用四'花枝'两'深浅'字，叹为绝技，真乡里小儿之见。"（《白雨斋词话》卷五）词须不远于俗方为本色。金圣叹是认真对此词作了艺术分析的。一般说来，词虽较诗更为浅近，但要深透理解它确又并非易事。如欧阳修的《踏莎行》（"候馆梅残"），此词是较为通俗的，若以"入诗即失古雅"，但它很易被误认为是代思妇抒写离情别绪的。前人也感到它的美妙，说它"不厌百回读"，"用江淹语"，"极切极婉"。这些评论皆抽象含混，不着边际，词意如何并未说清。金圣叹细细寻绎了词的意脉，加上词题为"寄内"，指出上阕结两句"却已叙出路程"，下阕第三句"从客中忽然说到家里"，结两句"反从家里忽然说到客中"。因此，尾批云："前半是自叙，后半是代家里叙，章法极奇。……从一个人心里，想出两个人相思，幻绝，妙绝。"经此分析，词中的人称关系便清楚了，也指出了词人巧妙的艺术构思。这样的批评是一种客观的艺术分析方法，它至今仍为我们赏析诗词所借鉴。

在批小说戏曲时，金圣叹已表现出所受明末市民反封建传统思潮的影响。这点，我们在其评欧阳修词中也可见到。如欧阳修的《减字木兰花》（"楼台向晓"）是写歌妓在歌舞时的情景。金圣叹于结句夹批云："说到轻寒不妨，则妖淫之极，不可言矣。"据此，他加上词题为"艳情"以揭示词旨，又尾批云："看他前半阕，从楼台翠幕说到人；后半阕，从衣袂、腰肢、汗粉说到说不得处，有步步生莲之妙。衣袂、腰肢、汗粉还说得，至末句真不好说得矣。今骤读之，乃反觉衣袂、腰肢、汗粉等句之尚嫌唐突，而末句如只在若远若近之间也者。此法固非俗士之所能也。"宋人习惯在词里表现他们的私人生活，欧公等北宋名臣也都风流蕴藉而不例外，因而在词里写艳情也属常见。后来某些词评家理解宋词，有如汉代经师理解《诗经·国风》一样去寻求微言大义，结果误解了词之原意。金圣叹经过逐层分析，揭示了此词的真实原意，因而被陈廷焯等人视为"殊乖大雅"而不能容忍。按照市民观念来批宋词，正是金圣叹在传统思想盘踞牢固的词论中的一个重大突破，应当予以肯定。但是金圣叹选择和评欧词也反映了明代以来纯艺术的形式主义批评给他带来的影响和局限，因而不重视思想内容的评价，无视其他宋代杰出词人的成就。与他批《水浒》《西厢》和《唐才子诗》比较起来，批欧词无论在质与量方面都显得过于单弱。我们也应看到：批欧词在词学界是产生了积极影响的，后来周济、陈世焜、陈洵、谭献等人评宋词都吸取了金圣叹的方法，由此使研究宋词作品的水平有所提高。

苏轼及其词

一

　　北宋中期，历数十年之久的诗文革新运动取得了基本胜利，宋代诗文的艺术特点开始表现出来；同时，酝酿多年的政治革新运动也以王安石新法的实施为标志而大规模地展开，一切社会集团和各种政治力量为此而进行着长期的反复的斗争；这是一个动荡的改革时代，也是北宋由强到弱的一个转变过程。这个时代文学的革新与社会的巨大变革不能不涉及文艺的一个隐秘的角落——词。因此，词体的改革是以不自觉的方式默默地随着时代的脚步前进着。相对地说来，词体的改革比诗文的改革尤为艰难，它被宋人视为"小道"，排除于正统文学之列，受到最卑微最轻视的待遇，似乎根本没有考虑到将它纳入文学革新的范围来。苏轼是继欧阳修之后的北宋诗文革新运动的领袖，是富于创新能力的伟大的文学家，他终于完成了改革词体的任务。苏轼在词作上的成就虽然与其在诗歌、散文和学术上的成就相比较而显得并不突出，但是其革新词体却在宋词发展过程中具有十分重大的意义，在宋词的历史上写下了新的一页。

二

　　苏轼（1037—1101）字子瞻，号东坡。他出生于西蜀眉山的书香门第，受过良好的文化教育，与弟苏辙俱得到其父苏洵在学业上的指导。北宋仁宗嘉祐二年（1057），两兄弟同登进士第，名震京师。苏轼二十四岁服母丧终制，由家乡眉山（四川眉山）南行进京途中开始作了大量的诗篇。到京后经欧阳修举荐，参加了国家高级政治人才的特别考试——制举，获得优异的成绩。嘉祐六年（1061）以大理评事任凤翔府（陕西凤翔）佥判。三年任满后，经过国家严格的馆职考试而入史馆。北宋神宗熙宁二年（1069）父丧终制，还朝任殿中丞直史馆判官告院。这年王安石参知政事，变法开始。苏轼青少年时代"奋厉有当世志"，应制举作的《进策》二十五篇，是他继北宋庆历新政儒家政治改革路线而针对当时社会面临的积贫积弱的严重形势提出的全面改革方案。他表示："苟天子一日共然奋其刚健之威，使天下明知人主欲有所立，则智者欲效其谋，勇者乐致其死。"（《策略一》，《东坡应诏集》卷一）苏轼在凤翔任内作的《思治论》论述了实现以"丰财""强兵""择吏"为内容的改革之方法问题，以为"发之以勇，守之以专，达之以强，苟知此三者，非独为吾国而已，虽北取契丹可也"（《东坡集》卷二十一）。这都表明他是主张政治革新的。当宋神宗支持并推行王安石新法之时，苏轼在改革的路线、策略等方面与王安石发生意见分歧而反对新法。由变法引起了北宋统治阶级内部的宗派斗争，而苏轼很快便成为新法派攻击的目标，受到排挤打击，于熙宁四年（1071）通判杭州，继而又任密州（山东诸城）、徐州（江苏徐州）、湖州（浙江湖州）等地知州。这段时间，他因写了许多政治诗反对新法、讽刺朝廷，遂下御史狱，史称"乌台诗案"。元丰三年（1080）贬谪黄州（湖北黄冈），这年苏轼四十五岁。黄州谪居期间，他的人生观和文学创作都发生了显著的变化。他在生活艰苦、政治处境险恶的情形下思想痛苦过，曾寻求释老哲理以求解脱，但仍以儒者"尊主泽民"的愿望作为精神支柱，表面上躬耕东坡避开政治，而暗中密切注视着政局的变化。

元祐元年（1086）宋神宗死后，政局发生了重大变化，以司马光为首的旧派执政，苏轼遂被起用。元祐时期的八年之中是苏轼仕宦以来最得意之时，官至翰林学士知制诰兼侍读。但是，他依然困扰于无聊的党派纷争之中而无所作为，仅于任杭州与颍州（安徽阜阳）知州时尽可能为人民做一些公益的事业。绍圣元年（1094）宋哲宗亲政，新法派再度执政并以更残酷的手段迫害元祐党人。苏轼被贬谪岭外，先后谪居惠州（广东惠阳）和儋耳（海南儋州）六年之久。宋徽宗建中靖国元年（1101），苏轼遇赦北归，七月病逝于常州，终年六十六岁。

在中国文艺史上，苏轼有着巨大的贡献。他给我国人民留下了丰富的文艺遗产，他在文艺领域的许多方面都有杰出的成就。苏轼今存竹、石、梅等小品画的真迹甚为稀少，却留下较多的画论文字；书法方面，清代学者杨守敬选刻的《景苏园帖》今存六卷；《东坡七集》收文集八十二卷；诗集存四十八卷，计二千六百九十六首；学术著作有《苏氏易传》九卷，《东坡书传》十三卷；《东坡词》三卷，计三百四十首。苏轼是我国北宋文化高潮时期涌现出的出类拔萃的人物，自来被誉为"雄视百代之才"。就其在文学领域的散文、诗歌与词作而言，他应是我国古代伟大的文学家。同宋代许多士大夫一样，苏轼将其词作置于整个文学创作中的末位；然而也如宋人王灼所说："东坡先生以文章余事作诗，溢而作词曲，高处出神入天，平处尚临镜笑春，不顾侪辈。"（《碧鸡漫志》卷二）苏轼词的意义是随着我国封建社会后期文学的发展，当词成为"一时代之文学"之后，它才为人们充分认识到的。

苏轼手迹

三

近世词学家朱祖谋整理的《东坡乐府》三卷，共收词三百四十首；卷一和卷二是编年的，收词二百零四首。其最早的编年是熙宁五年（1072）苏轼三十七岁外任杭州作的《浪淘沙》和《南歌子》；最末的编年是元符三年（1100），他六十五岁在儋耳作的《鹧鸪天》。第三卷词由依调汇列词一百三十六首，是不编年的。如果推测这未编年的词中当有苏轼青少年时代的作品，但这种推测至今尚无事实的证明。近年学者对东坡词作了一些新的编年考证[①]，也未发现有熙宁五年之前的作品。因此，我们可以相信：苏词最早的编年即苏轼开始作词之年。

为什么苏轼作词的起步比他作古文诗歌竟迟十余年呢？这有其主观的原因，也有社会文化环境方面的原因。宋代取士继唐制将诗赋作为科举考试的科目。苏轼少年时代习举业之时便掌握了

---

① 参见曹树铭《东坡词》，香港万有图书公司，1968 年；唐玲玲《东坡词系年考辨之一》，《东坡词论丛》，四川人民出版社，1982 年；张志烈《苏词三首系年》，《中华文史论丛》，1983 年第 3 辑；张志烈《论东坡惠州词》，《论苏轼岭南诗及其他》，广东人民出版社，1986 年；刘崇德《苏词编年考》，《河北大学学报》1984 年 3 期。

声律对偶等作诗的技巧，也刻苦攻读过韩柳及其他古文，由于其家乡眉山地处西鄙无机会接触都市的歌舞，也就未能熟悉词这种新的文学样式。他后来与堂兄书信有云："记得应举时，见兄能讴歌甚妙。弟虽不会，然常令人唱为何词。"（《与子明兄书》，《东坡续集》卷五）可见他在北宋都城东京参加科举考试时还不会作词，也不会讴歌，只是初次发觉词的美妙。欧阳修二十四岁登进士第后为西京留守推官，诗人钱惟演任西京留守，在其周围积聚了一群文人名士，有歌舞宴乐的环境；他于这时开始作词。苏轼初仕凤翔之时，长官陈公弼是一位严毅寡欲的老人，而凤翔乃西北战略重镇，当时军需供应任务极大；既无一个升平歌舞的环境，也无一群意气相投的诗文朋友，缺乏作词的条件。熙宁初年苏轼父丧终制还朝，正值王安石变法开始，立即投入激烈的政治斗争。这时他的生活仍是清苦的，其《答杨济甫》书云："某此与贱累如常……都下春色已盛，但块然独处，无与为欢。所居厅前有小花圃，课童种菜，亦少有佳趣。"（《东坡续集》卷四）自入京以来的十五年间，苏轼一直奋发向上，力求实现建功立业的宏伟理想，在主观和客观条件方面都不容许他在花间尊前消遣时光。熙宁四年（1071）苏轼因反对王安石变法而通判杭州，由于政治上受到挫折，也由于进入中年后心理的变化，影响着他的人生观和生活方式的一些改变。在杭州的三年间，他各方面都显得很矛盾：在诗歌中尽情发泄对现实的不满情绪并表现对实施新法的消极抵制态度；在实际政务中却又积极地"因法以便民"，尽量减少人民的负担和痛苦；在公余之时又以管领湖山自命，与同僚及友人诗酒酬唱，游山泛湖，歌舞宴乐，过着上层士大夫的享乐生活。苏轼通判杭州时先后的两位长官陈襄与杨绘都是能诗会词的风流太守，

"钱塘风景古今奇，太守例能诗"（《诉衷情》）。他又与刘述、张先、李常、周邠、孙觉、刁约、贾收、柳瑾等文人词客时相往来。他曾与太守陈襄移厨彩舫，且有官妓作陪："游舫已妆吴榜稳，舞衫初试越罗新"（《有以官法酒见饷者，因用前韵求述古为移厨饮湖上》）。他们常在有美堂举行盛大的歌舞宴会，"歌喉不共听珠贯，醉面因何作缬纹"（《会客有美堂》）；周邠亦有诗云："堂上歌声响遏云，玉人休整碧纱裙，妆残粉落胭脂晕，饮剧杯深琥珀纹。"在这些场合，士大夫们并不掩饰他们与歌妓的情谊，甚至作诗相戏，如苏轼诗云："已烦仙袖来行雨，莫遣歌声便驻云；肯对绮罗辞白酒，试将文字恼红裙。"（《刁景纯席上和谢生》）宋代士大夫们的私人生活场景，如果用长短句形式的歌词来表现则会是更恰当的。

苏轼的友人刘攽谈到北宋时的歌舞情况说：

> 今时舞者，曲折益尽其妙，非有师授皆不可观，故士大夫不复起舞矣。或有善舞者，又以其似乐工，辄耻为之。古人之歌亦复如此，节奏简淡，故三百篇可以吟咏，缘时未有新繁声，自是可喜。自新变声作，日益繁靡，欲令人强置繁声，以三百篇为欢，何可得也！（《宋朝事实类苑》卷十九）

刘攽流露出一点怀古的幽情，其感叹之中却较客观地反映了北宋歌舞艺术水平的提高，艺术分工愈益细密和专业化；新的音乐歌舞，繁声促节，曲尽其妙，简淡的古代歌舞已不能满足人们的审美要求而被淘汰了。所以，唐人以近体诗入乐逐渐发展为以长短句入乐，到宋时长短句的歌词配合燕乐以歌唱而成为社会文化生活中最普遍的娱乐方式。宋代地方官府每有宾客或达官过境都开宴合乐，命官妓歌词侑觞。郡守新到，官妓们皆出境而迎；离任之时，她们歌词劝饮离觞，至含泪留别。这些送往迎来的地方官署宴会场合，都有歌妓参加①。苏轼在杭州的初期词作中就有《菩萨蛮·杭妓往苏迓新守杨元素》《菩萨蛮·西湖席上代诸妓送陈述古》《南乡子·沈强辅雯上出犀丽玉作胡琴送元素还朝》《阮郎归·一年三过苏，最后赴密时，有问这会来不来，其色凄然。太守王规父嘉之，令作此词》。官员们与官妓在宴席间隐约地表示相思之意是为朝廷所默许的。若在座的文人能对客挥毫，即席将现实情景赋词草授歌妓们演唱，就可更尽雅兴了。如苏轼作的送别词《江城子·孤山竹阁送述古》：

> 翠娥羞黛怯人看。掩霜纨，泪偷弹。且尽一尊，收泪唱《阳光》。漫道帝城天样远，天易见，见君难。　　画堂新创近孤山。曲栏干，为谁安？飞絮落花，春色属明年。欲棹小舟寻旧事，无处问，水连天。

竹阁在杭州西湖孤山寺内，因为白居易守杭州时所建，又称白公竹阁。这首词是作者拟托官妓的语气，代她们向太守陈襄表示惜别之意。词的上阕描述官妓在饯别而伤心流泪，却又感到有些含羞怕被人知道而取笑，于是用纨扇掩面，以手拭泪而偷偷弹掉。她强制住眼泪，压抑着情感，唱起表述离别之情的《阳关曲》，殷勤劝陈襄且尽离觞。这次陈襄在杭州任满将赴应天府任，应天府

---

① 参见谢桃坊《宋代歌妓考略》，《中华文史论丛》1983 年第 4 辑。

地近京都，可能另有诏命进京。她曲折地表达了留恋之情，认为帝都虽然如天远，此后见天容易，再见陈襄却不易了，可见这将是永远的别离。她清楚地知道，士大夫们宦迹难定，他们与官妓在花间尊前的一点情谊，离任后便忘掉了。"画堂"当是孤山寺内与竹阁相接连的柏堂。柏堂新建成才一年，而且是由太守陈襄支持建造的。在此宴别陈襄，自然有"楼观甫成人已去"之感。官妓想象，如果这位风流太守不离任，还可能同自己于柏堂之曲栏徘徊观眺呢！由此，又不免勾引起关于往事的回忆。她回忆起去年暮春时节与太守游湖的一些难忘的情景，叹息明年已不能在春天欢聚一堂了。想象明年春日，当她再驾着小船在西湖寻觅旧迹欢踪，"无处问，水连天"，情事已经渺茫，唯有倍加相思与伤心而已。我们可以设想：当这位官妓在筵前请求苏轼代为作词以赠陈襄，词人对客挥毫，顷刻而就；她当即手执拍板柔声曼唱，情真意切，声泪欲下，在座诸公无有不被感动的，尤其是太守陈襄。

苏轼初期词基本上是游乐、宴饮、送别、赠妓等题材，反映了他也像许多士大夫一样开始安排好自己的私人生活了。据宋僧惠洪说：

东坡倅钱塘日，梦神宗召入禁，宫女环侍。一红衣少女，捧红靴一双，命轼铭之。觉而记其中一联云："寒女之丝，铢积寸累；天步所临，云蒸雷起。"既毕进御，上极叹其敏，使宫女送出。睋视（其）裙带间有六言诗一首，曰："百叠漪漪水重，六铢縰縰云轻，植立含风广殿，微闻佩环摇声。"（《冷斋夜话》卷一）

苏轼墨迹

当时苏轼未曾进过皇宫，也未见过宫女，梦境应是他在杭州所接触的官妓印象的幻化。他为红靴作铭，为裙带题诗，也属歌酒宴乐间常有的风韵之事，而所写的诗内容也全似小词。可见杭州歌舞宴乐的生活对他的影响，以致在潜意识中反映出来。这时，苏轼的家庭生活中也有了侍儿歌舞。据说，"东坡有歌舞妓数人，每留宾客饮酒，必云：'有数个擦粉虞侯欲出来祗应也'。"（《轩渠录》）他还买了杭州颇有名气的歌妓王朝云，时朝云只有十二岁。在离杭州赴密州时经过朐山（江苏连云港西南锦屏山）临海石室，苏轼"曾携家一游，时家有胡琴婢，就室中作《濩索》《凉州》，凛然有冰车铁马之声"（《与蔡景繁书》《东坡续集》卷五）。这些私人生活场景是苏轼开始对生活享乐追求的愿望的表现，与他开始作词是有紧密联系的。苏轼对歌词创作的向往，某种个人情感的新觉醒，对审美及感官娱乐的要求，这样促使他积极去掌握词这种新的文学样式。杭州湖山之美、文人的唱酬、歌舞宴乐的生活、送往迎来的交际、与许多官妓的接触，都为其练习作词提供了最佳的条件。苏轼于熙宁五年有编年词二首，次年五首，第三年四十二首。在杭州的三年间，他渐渐学会了作词，很快征服了这较为复杂的文学样式。

四

宋人直觉地感到东坡词具有异于传统词的特征，以为它"须关西大汉执铁板"高歌，称赞它"一洗绮罗香泽之态，摆脱绸缪宛转之度"，惊叹它"横放杰出，自是曲子中缚不住者"，因此，"试取东坡诸词歌之，觉天风海雨逼人"。苏轼之后，宋人词评中出现了"婉丽""婉曲"与"豪放""雄杰"两组相对的概念①。这反映了宋词发展中存在着两大风格类型或两种基本的艺术倾向。明代张綖最初以"豪放"与"婉约"来概括宋词的两大风格类型。他说：

> 按词体大略有二：一体婉约，一体豪放。婉约者欲其词情蕴藉，豪放者欲其气象恢弘。盖亦存乎其人，如秦少游之作，多是婉约；苏子瞻之作，多是豪放。（明本《诗余图谱·凡例》）

---

① 陆游《老学庵笔记》卷五："公非不能歌，但豪放不喜裁剪以就声律耳。"孙竞《竹坡词序》："清丽婉曲，非苦心刻意为之。"

值得注意的是，张綖并未将这两种风格绝对对立，而是认为某词人的作品中可能同时并存两种风格，但又以一种居于主导地位。清人沈祥龙说：

> 唐人词，风气初开，已分二派。太白（？）一派传为东坡诸家，以气格胜，于诗近于江西，（温）飞卿一派，传为屯田（柳永）诸家，以才华胜，于诗近西昆。后虽迭变，总不越此二者。……词有婉约，有豪放，二者不可偏废，在施之各当耳。（《论词随笔》）

沈氏对两派的评价，态度是持平的，强调二者不可偏废。婉约与豪放之分之所以能得到近代和现代多数词家的承认，是因为它不仅确切地概括了宋词发展规律的一个方面，而且它是我国古代传统风格论的发展。

我国中古文化有个显著的特点，几乎整个意识形态领域都出现南与北两种不同的文化特色。例如：南北朝乐府民歌，北朝的刚健朴质与南朝的清新婉丽的风格迥异；佛教禅宗分为南北两宗；唐代的绘画已开劲健的北派与柔美的南派；南北朝的学风也有南北异趣的现象。我国古典文学理论名著《文心雕龙·体性》最早探讨了文学风格的成因。刘勰说：

> 才有庸俊，气有刚柔，学有浅深，习有雅郑，并性情所烁，陶染所凝，是以笔区云谲，文苑波诡者矣。……各师成心，其异如面。若总其归途，则数穷八体：一曰典雅，二曰远奥，三曰精约，四曰显附，五曰繁缛，六曰壮丽，七曰新

奇，八曰轻靡。

刘勰认为由于作家气质与才性的不同，因而风格各异。八体风格是四组互相对立而又互相联系的概念："雅与奇反，奥与显殊，繁与约舛，壮与轻乖。"最后一组中"壮丽"的含义是"高论宏裁，卓烁异采"；"轻靡"的含义是"浮文弱植，缥缈附俗"。"壮"与"轻"的形成又是"气有刚柔"所致。唐代日僧弘法大师的《文镜秘府论·体论》将刘勰的八体约而为六目。他说：

> 凡制作之士，祖述多门，人心不同，文体各异。较而言之，有博雅焉，有清典焉，有绮艳焉，有宏壮焉，有要约焉，有切至焉。

其中之"宏壮"即"壮丽"，"绮艳"即"轻靡"之意，皆表现气之刚柔，而弘法的解释则更为具体。他说："体其淑姿，因其壮观，文章交映，光采傍发，绮艳之则也；魁张奇纬，阐耀威灵，纵气凌人，扬声骇物，宏壮之道也"。看来"宏壮"（壮丽）与"绮艳"（轻靡）是六目或八体中最基本的，因为其所含的"刚"与"柔"的意义已是美感形式中两种最基本的形式，或称雄伟与秀婉、崇高与优美、壮美与秀美，其实一也。晚唐司空图的二十四诗品是传统风格形式的繁化。它们是：雄浑、冲淡、纤秾、沉著、高古、典雅、洗炼、劲健、绮丽、自然、含蓄、豪放、精神、缜密、疏野、清奇、宛曲、实境、悲慨、形容、超诣、飘逸、旷达、流动。严格说来，其中许多品是不能称为风格的，只是某种修辞手段和表现技巧而已。可称为风格的只有十二品。这十二品完全可以按照美感的基本形式分为两大类型：一类为壮美的，包括雄浑、劲健、豪放、疏野、冲淡、旷达；另一类为秀美的，包括纤秾、绮丽、缜密、清奇、宛曲、飘逸。可以说，宋词豪放与婉约之分即基于两大类型风格的。从两大类型风格出发，可以把握和分析某位作家或某些风格类似的作家们的主要艺术倾向。当然这决不能因此而无视或否定作家个人的风格。对一位作家基本风格类型的判断与对其独创风格的评价，这之间是不会有矛盾的。因此自宋以来关于东坡词是豪放还是旷达、是正宗还是别调、苏轼与辛弃疾是否同派等问题之争在实际上没有什么意义，仅是属于概念的纠缠，表现一种艺术趣味的偏好。如果我们认为宋词的发展表现为美感基本形式的两大艺术倾向，并演为多种风格，出现百花竞艳的繁盛景象，则有关某一词人的个人风格及其与时代风格的关系也就较易认识了。苏轼在词史上的意义主要就在于改变了宋词发展的单一的艺术倾向，而为之开辟了广阔的道路。

明刊《诗余画谱》苏轼《水调歌头》词意

五

　　苏轼开始作词之时，词坛有着晏殊和欧阳修所形成的典雅婉约的传统，而柳永俚俗纤艳的词在社会下层广泛流行。欧阳修后期以诗为词、对词体改革的尝试又为词坛带来了新的活力。从苏轼初期的词作中，我们可以看到存在着以下几种影响的。如：

　　　　雨后春容清更丽，只有离人，幽恨终难洗。北固山前三面水，碧琼梳拥青螺髻。　　一纸乡书来万里，问我何年，真个成归计。回首送春拚一醉。东风吹破千行泪。（《蝶恋花·京口得乡书》）

词以自我抒情的方式宛曲含蓄地表达了思念家乡的苦涩情感。这有晏欧典雅的词风。

　　　　挂轻帆，飞急桨，还过钓台路。酒病无聊，敧枕听鸣橹。断肠簇簇云山，重重烟树。回首望孤城何处？　　闲离阻。谁念萦损襄王，何曾梦云雨？旧恨前欢，心事两无据。要知欲见无由，痴心犹自，倩人道一声传语。（《祝英台近》）

此词写离情别绪，上片写景，下片抒情，在结构、语气、内容等方面都有柳永羁旅行役之词的影响。余如"纤纤细手如霜雪，笑把秋花插"（《泛金船》），"裙带石榴红，却水殷勤解赠侬"（《南乡子》），"佳人相问苦相猜，这回来不来"（《阮郎归》）等都属纤艳的句子，有柳七郎的风味。但是初期词中以诗为词的倾向也是较为明显的，如：

> 四大从来都遍满，此间风水何疑。故应为我发新诗。幽花香洞谷，寒藻舞沧漪。　　借与玉川生两腋，天仙未必相思。还凭流水送人归。层巅余落日，草露已沾衣。（《临江仙·风水洞作》）

苏轼咏风水洞之作另有诗二首，一为五言，一为七言。诗与词在句法、意象方面颇为相似，如："此间不可无我吟"与"故应为我发新诗"；"风转鸣空穴，泉幽泻石门"与"幽花香洞谷，寒藻舞沧漪"；"风岩水穴旧闻名"与"此间风水何疑"。词的"四大"系用佛家语，指地、水、火、风，以之入词都属于怪僻而失之谐婉的。这首《临江仙》全以作诗的方法构思的，是以诗入词的典型例子。其余如："坐中安得弄琴牙"（《南歌子》），"玉童西迓浮丘伯"（《菩萨蛮》），"天怜豪俊腰金晚"（《菩萨蛮》）等，都全似诗句。苏轼开始作词之前，早已熟练地掌握了作诗的技巧，写了大量的诗作，而且在诗坛已有较高的声誉。他开始作词必然带着自己所熟悉的作诗技巧入词，易于接受欧阳修以诗为词的倾向，而写出了为数不少的异于传统风格的作品。

明代《啸余谱》书影

任何作家的创作都有一个艺术成熟的过程。苏轼离杭州赴密州途中作的《沁园春·赴密州早行马上怀子由》预示了他有意于词体改革，试用新的文学样式以表现严肃的社会性的内容，而在艺术上有了自己某些独创的特点，标志着其创作进入一个新阶段。词云：

> 　　孤馆灯青，野店鸡号，旅枕梦残。渐月华收练，晨霜耿耿；云山摛锦，朝露团团。世路无穷，劳生有限，似此区区长鲜欢。微吟罢、凭征鞍无语。往事千端。　　当时共客长安，似二陆初来俱少年。有笔头千字，胸中万卷；致君尧舜，此事何难。用舍由时，行藏在我，袖手何妨闲处看。身健在，但优游卒岁，且斗尊前。

　　王安石新法在实施的过程中是出现了许多弊病的，使人民的负担大大地加重，统治阶级与人民群众之间的矛盾、统治阶级内部的矛盾都空前地尖锐了，而且新法派内部也互相倾轧，意见分歧。王安石在困难的处境下于熙宁七年（1074）四月罢相，吕惠卿参知政事。此词约作于这年的十月，正是吕惠卿执政期间，政治的灾害与自然的灾害同时给社会带来苦难。苏轼是在消极苦闷的政治情绪下写作此词的。词人追忆当年与弟苏辙进京应试之时，两兄弟青云直上，自负有出众的才华，抱着"致君尧舜上，再使风俗淳"的儒家最高政治理想，准备建功立业。然而局势的发展却事与愿违，因而对于当前的社会政治形势采取观望以等待变化的态度。"优游卒岁，且斗尊前"，这对某些庸人来说应是满意的，而对于有所作为的人却是极其痛苦：无可奈何地让时光逝去。这首词在艺术结构上较为完满，气势奔放，体现出长调词宏伟的特点，在此以前尚无人用词这种文学样式表达过如此丰富而深刻的思想。它是东坡词发展的里程碑。但是，它显然在内容与形式方面尚未高度融合，有过多的缺乏形象的议论，在艺术上还不够成熟。

熙宁八年（1075）冬，苏轼在密州（山东诸城）作了一首豪词《江城子·密州出猎》：

> 老夫聊发少年狂。左牵黄，右擎苍。锦帽貂裘，千骑卷平冈。为报倾城随太守，亲射虎，看孙郎。　　酒酣胸胆尚开张。鬓微霜，又何妨！持节云中，何日遣冯唐。会挽雕弓如满月，西北望，射天狼。

这是苏轼祭常山回与同僚打猎练兵而作的。词人借此壮观的场面抒发爱国主义的豪情，以汉代击败匈奴的云中太守魏尚自许，期望保卫边疆，打击北方侵略者，为国立功。他的《与鲜于子骏书》云：

> 所索拙诗，岂敢措手，然不可不作，特未暇耳。近却颇作小词，虽无柳七郎风味，亦自是一家。呵呵！数日前猎于郊外，所获颇多，作得一阕，令东州壮士抵掌顿足而歌之，吹笛击鼓以为节，颇壮观也。（《东坡续集》卷五）

因为此词使用了一系列雄壮宏伟的意象，有着热烈的爱国主义情感，表现出粗犷悍鸷的艺术作风，所以用山东壮士配合打击乐器以歌是最恰当的。范仲淹"穷塞主之词"的衰飒苍凉的情调是不能与此词的豪迈气概相比的。作者认为"亦自是一家",表明他已脱离传统词的羁绊,走上了自觉的改革词体的道路。这首壮词是苏轼为豪放词所竖起的一面旗帜。但是,其思想的表现过于简单与率露,缺乏艺术应有的含蓄,没有为人们留下想象与回味的余地,在艺术上显得有些粗糙。因而,这方面它就不如范仲淹的"羌管悠悠霜满地,人不寐,将军白发征夫泪"那样深沉感人。熙宁九年(1076)中秋,苏轼在密州作的《水调歌头》是其豪放风格成熟的杰作。词云:

> 明月几时有,把酒问青天。不知天上宫阙,今夕是何年?我欲乘风归去,惟恐琼楼玉宇,高处不胜寒。起舞弄清影,何似在人间。　　转朱阁,低绮户,照无眠。不应有恨,何事长向别时圆。人有悲欢离合,月有阴晴圆缺,此事古难全。但愿人长久,千里共婵娟。

词人是在中秋良宵,夜饮达旦,大醉后兴致淋漓之际而作的。全词以富于奇妙的想象和具有哲理趣味见称。作者立足于整个人生与自然的宏观把握,含蓄地表达了精神世界的矛盾并对人世寄予无限的希望。词的上阕以把酒问月着笔,将词意引入神秘的天宇,极形象地表现内心的入世与出世的矛盾,间接地反映了北宋党争所引起作者政治上的苦闷情绪,并妙于自我解脱,归结到对人间温暖的眷恋,充满对于现实人生的热爱。词的下阕,围绕月亮而展开哲理的思考,企图突破时间与空间的界限而探索自然与人的关系的奥秘。词人冷静的理性发觉,社会与自然都不可能是绝对完美的，"人有悲欢离合，月有阴晴圆缺"，自来如此，也将永远如此。但是，人们由此可能走向对人生的消极和憎恶，也可能由此而产生广阔的人道主义胸怀而对人间美好事物祝愿。词人正确选择了后者，因此其思想赢得了古往今来善良人们的赞赏。苏轼浪漫的艺术气质、旷达的襟怀在词里充分表现出来。作者的思想是从奇妙的感受而来，它具有神话的色彩，它与语言、意象、结构交融一体，十分完美。因此前人认为这是"天仙化人之笔"，成为词中难以企及的典范之作。

元丰五年（1082），苏轼四十七岁在贬所黄州作的《念奴娇·赤壁怀古》是其豪放词的艺术高峰。词云：

> 大江东去，浪淘尽、千古风流人物。故垒西边，人道是、三国周郎赤壁。乱石穿空，惊涛拍岸，卷起千堆雪。江山如画，一时多少豪杰。　遥想公瑾当年，小乔初嫁了，雄姿英发。羽扇纶巾，谈笑间、樯橹灰飞烟灭。故国神游，多情应笑我，早生华发。人生如梦，一尊还酹江月。

作者曾经"缘诗人之义，托事以讽，庶几有补于国"而作了大量的政治诗，因此入狱而罪谪黄州。黄州赤壁不是古代三国赤壁之战的主要战场，这点苏轼是知道的。他曾记此事云："黄州守居之数百步为赤壁，或言即周瑜破曹公处，不知果是否？断崖壁立，江水深碧，二鹊巢其上，有二蛇或见之。"（《东坡志林》卷四）此处"乱石穿空，惊涛拍岸"，形势的确十分险要，而面临浩渺的长江，词人因传说的古战场遂引起无限的遐思，触动怀古的豪情。当年赤壁之战惊心动魄的伟大场面似乎再现，周瑜等英雄人物的事业尤其令人钦羡与神往。词人异常激动，因为他曾是"奋厉有当世志"的，准备作一番英雄的事业，遂联想到历史长河中曾有无数的豪杰为祖国如画的江山谱写了豪壮的诗篇。然而，这一切与作者现实罪谪的环境相距太遥远了：英雄事业的向往与罪谪的身份构成了对自我的嘲笑。事与愿违，岁月蹉跎，怎能不令词人感慨：将酒酹地以悼念历史上的英雄们。作者所要表达的不是一种消极的慨叹，而是被压抑的建功立业的爱国主义精神。因而这首词远远超越了一般兴亡浩叹的怀古之作，发掘了题材的深层思想，而这种思想又是从作者内心真实感受而来的。人们读了这首词总是引起对历史的思考和产生历史爱国主义的自豪。全词不仅和谐完满，而且达到了美妙的艺术境界。宋人早就认为它"语意高妙，真古今绝唱"（《苕溪渔隐丛话》前集卷五十九）。

此后，苏轼继续写作了许多豪放词，其中也不乏佳作，如《念奴娇·中秋》表现超旷的胸怀和对理想世界的追求："便欲乘风，翩然归去，何用骑鹏翼"；《水调歌头·黄州快哉亭赠张偓佺》描写雄伟奇幻的江上景象："一点浩然气，千里快哉风"；《水龙吟·记子微太白之事》充满浪漫的奇想："八表神游，浩然相对，酒酣箕踞"；《八声甘州·寄参寥子》以东晋贤相谢安为国忧劳自许："他年东还海道，愿谢公雅志莫相违，西州路不应回首，为我沾衣"。作者在一些小词里也表现了其人道主义思想，勇往无畏的态度和旷达的胸怀，如："雪晴江上麦千车，但令人饱我愁无"（《浣溪沙》）；"竹杖芒鞋胜轻马，谁怕，一蓑烟雨任平生"（《定风波》）；"人生如逆旅，我亦是行人"（《临江仙》）。苏轼晚年贬谪在边远荒僻的海南岛，还作了《千秋岁》抒写政治情怀：

岛边天外，未老身先退。珠泪溅，丹衷碎。声摇苍玉佩，色重黄金带。一万里，斜阳正与长安对。　　道远谁云会，罪大天能盖。君命重，臣节在。新恩犹可觊，旧学终难改。吾已矣，乘桴且恁浮于海。

宋哲宗时，再度执政的新法派加重对元祐党人的政治迫害。苏门学士之一的秦观于绍圣二年（1095）贬监处州（浙江丽水）酒税，作了悲观绝望的《千秋岁》。苏轼于元符二年（1099）读到后深受感动而和作此词，真实地表现了他晚年的思想情绪。他晚年贬谪到天涯海角，远离朝廷，身当重罪，其"尊主泽民"的宏愿与"致君尧舜"的理想，都因"未老身先退"而无法实现。他虽身受迫害而仍不忘忠君报国。词的上阕表达的情感是辛酸而复杂的。词的下阕，词人坦率地表明不屈服于权势的孤高的晚节，而且以孔子的道之不行则乘桴浮海之意来自慰自解。他告诉亲友们：此词"便见其超然自得，不改其度之意"（《能改斋漫录》卷十七）。这真实地显露了东坡老人的政治品格。此词的许多句子都纯是作诗的句法，其中有许多政治议论，结尾还以文为词，但却是真情感人，亦堪称佳作。

如果我们从词的两大风格类型的观点来看苏轼的豪放词，包括那些旷达的、冲淡的或清旷的作品在内，则其豪放的作品绝非微不足道的几首或十余首，最粗略地计算也将近百首。它们的出现意味着词坛的异军突起，也是新的词境的开拓。苏轼具有进步的人生观和文艺思想，尤其富于艺术创新的活力。当其征服了词这种文学样式之后，便用来表现其在社会和自然中所发现的那些崇高的、伟大的东西。这就是热爱生活的积极入世思想、广阔的人道主义胸怀、与逆境战斗的不屈精神。它们反映了一位古代士大夫在险恶的政治斗争中的复杂思想情感和高贵的品质。苏轼将现实的社会生活内容引入词体，扩大了题材，给词体带来新的生机，于是言志、抒情、写景、咏物、怀古、赠答，"无意不可入，无事不可言也"（《艺概》卷四）。东坡词中出现了以忠君报国为己任的士人，建功立业的英雄，对月高歌的诗人，挽弓射天狼的边臣，醉卧溪桥的达者，置生死祸福于度外的逐客等形象；出现了滚雷惊涛、旌旆楼船、蛮风瘴雨、天上宫阙、乌鸢翔舞、金甲牙旗、龙蛇飞动、横空层霄、长空万里、鼻息雷鸣、苍桧霜干、龙盘虎踞、道山绛阙、骑鲸骖鸾、白发苍髯、倚天青壁等宏伟神奇的意象；这些都是在传统文人词中所罕见的。东坡词在整体的思路和总的表现方面也摆脱了传统的习径，具有积极精神和以诗为词的特点，横放杰出，一新天下耳目。从美感的基本形式来理解东坡词风格特征，则我国前人以"豪放"来概括它，这仍是较为确切的。因此，苏轼在我国词史上应是豪放词风的创立者。

六

　　文学史上许多大作家的艺术风格都是丰富多样的，它们总是由一种基本的风格统一起来，构成一个和谐的艺术系统。如果一位作家的艺术风格只呈现多样性而缺乏统一性，则流于破碎芜杂，说明他在艺术上未达到成熟的境地。苏轼的豪放词风是诞育于传统婉约词的母体内，他的整个词作中必然地也存在旧的传统的影响。所以，其编年的两卷词中约有半数近于婉约的，而第三卷未编年的词则基本上是婉约的。怎样看待这样的事实呢？如果仅从数量分析来否定苏轼豪放词的意义，而不从其词的艺术风格的基本特征及其在词史上的创新意义来认识，便不可能把握其豪放词与婉约词之间的微妙关系，也就不可能发现其婉约词经改造后而有了某些新的特点。

　　当苏轼自觉地改革词体创作《江城子·密州出猎》的豪放词时，在这年之初他作了《江城子·乙卯正月二十日夜记梦》：

　　　　十年生死两茫茫。不思量，自难忘。千里孤坟，无处话凄凉。纵使相逢应不识，尘满面，鬓如霜。　　夜来幽梦忽还乡。小轩窗，正梳妆。相顾无言，惟有泪千行。料得年年肠断处，明月夜，短松冈。

这是一首悼亡词。苏轼的前妻王弗死于治平二年（1065），到熙宁八年（1075）整整十年，忽然梦见，有感而作。王弗是贤淑敏静而深明大义的女性。他们共同生活的十二年间正是苏轼奋发有为之时。"其言多可听，类有识者"，她是苏轼的好内助。王弗死时，父亲苏洵告诫说："妇从汝于艰难，不可忘也。"（《亡妻王氏墓志铭》，《东坡集》卷三十九）苏轼在词里表现了对王弗真挚的情感，视她如知心友人而为之倾诉相别十年以来所感到的人生的苦难。"尘满面，鬓如霜"便是十年人生苦难所留下的痕迹。他相信只有亡妻才最能理解这一切，而且只有她才能给以温暖的慰藉。他们"相顾无言，惟有泪千行"，两心相知，不用言语，真诚同情与怜爱之泪便足以安抚精神的创伤了。然而这一切毕竟是虚幻的梦境，当梦醒之后才引起断肠的思念。这首词以自我抒情的方式，语言明易流畅，情感真切沉痛，间接地反映了作者在政治斗争中受挫折后的痛苦情绪，有着社会政治生活的折光；所以它虽是婉约的，而所达到的思想高度却又远远高出了传统倚红偎翠的婉约词。这首词的出现，标志着苏轼一种新的艺术探索。

苏轼作《念奴娇·赤壁怀古》的同年，也作了一首非常杰出的婉约词《卜算子·黄州定慧院寓居作》：

> 缺月挂疏桐，漏断人初静。谁见幽人独往来，缥缈孤鸿影。　　惊起却回头，有恨无人省。拣尽寒枝不肯栖，寂寞沙洲冷。

南柯子

○○○○○○○○○○○○○○○○○○○○○

右譜一章八句

歌頭縈統岩山飛去晚雲晉 端午
西歌吹古揚州○疾来速昌歌聲奏倒舟誰家水調
山與歌眉欽波兩翠眼流遊人都上十三樓不羨竹

右蘇子瞻

南乡子

□○○○○○○○○○○○○○○□○○○○○□

右譜一章十句

秋為事到頭都是夢休休明日黄花蝶也愁重陽
題破帽多情卻戀頭○詩酒若為酬但把清樽斷送
霜澤水痕收淺碧鱗鱗露遠洲酒力漸消風力軟颼颼

右蘇子瞻

襄色動朱樓短燭熒熒悄未收自在開簾風不定飈

明代《词学筌蹄》书影

词以孤鸿的形象寄托作者谪居时的心情，词意的表现含蓄隐晦。我们可见到它是曲折地反映了贬谪生活中作者孤独寂寞的感受和凄惶惊惧的心理，也表示出不随俗俯仰、孤高自赏的政治品格。这首小词极为凝练，思想与形式高度融合，词意深蕴，在艺术上达到了精纯的地步。苏门学士之一的黄庭坚赞叹说："语意高妙，似非吃烟火食人语；非胸中有数万卷书，笔下无一点尘俗气，孰能至此。"（《苕溪渔隐丛话》前集卷三十九）在黄州作的《水龙吟·次韵章质夫杨花词》是被公认的一首绝妙婉约词，它的词意令人更难猜测。词云：

> 似花还是非花，也无人惜从教坠。抛家傍路，思量却是，无情有思。萦损柔肠，困酣娇眼，欲开还闭。梦随风万里，寻郎去处，又还被，莺呼起。　　不恨此花飞尽，恨西园落红难缀。晓来雨过，遗踪何在，一池萍碎。春色三分，二分尘土，一分流水。细看来，不是杨花，点点是、离人泪。

章楶的原词存于《唐宋诸贤绝妙词选》卷五，纯为咏物，尽杨花妙处。苏轼的和词则发掘了题材新的思想意义，所以王国维先生说："东坡《水龙吟》咏杨花，和韵而似原唱，章质夫词，原唱而似和韵；才之不可强也如是。"（《人间词话》）苏轼是仅仅咏物，是惜春，还是别有寄托？他在《与章质夫书》云："柳花词绝妙，使来者何以措辞。本不敢继作，又思公正柳花飞时出巡按，坐想四子闭门愁断，故写其意，次韵一首寄出，亦告不以示人也。"（《东坡集》卷三十二）章楶于元丰四年（1081）四月为荆湖北路提点刑狱，苏轼的书信当写于这年的春夏之间。词是借杨花寄寓

"四子闭门愁断"之意。"四子"是谁呢？从苏轼诗词、书信及宋人笔记等看来，"子"或"生"在涉及宋代士大夫们私生活时是指家妓或官妓，这是他们习惯的一种隐语。章楶的"四子"乃是其家妓，所以当他外出巡按时，苏轼和词相戏。被视为贱民的家妓，她们供主人歌舞娱乐，在家中的地位较为特殊，既非婢女，也非妻妾："似花还是非花"。她们美丽多情，"萦损柔肠，困酣娇眼"，为思念主人而"梦随风万里，寻郎去处"。这些都是作者相戏之意，也是作者的本意，但是作品的客观形象却具有更为深刻而复杂的含义。我们不难发现，这个题材引起了作者对歌妓命运的同情，因此词意凄苦全无浮滑戏谑的情调。它隐约地暗示歌妓像杨花一样"抛家傍路"而"无人惜从教坠"，春归之后，"此花飞尽"，"遗踪"难寻，很快结束了她们的生命。如果此词具有这两层意义是可以示人的，而苏轼却要求友人"不以示人"。可见其中还有更深一层带有一定政治性的东西，因为苏轼当时是处于被政治监视的罪人，像"伤鸿"和"惊鹊"一样不安，害怕再以文字招来灾祸。因此，"似花还是非花""抛家傍路""随风万里""是离人泪"等杨花的形象又好似作者被迁谪的寓意，悲叹春归也就是惋惜美好的时光轻易浪费而未在人间留下一点业绩。咏物方式有很大的寓托的容量，作者寄托之意附于物的形象与特性之后变得模糊隐晦，令人感到只是作者某种情绪的流露，它又引起读者的各种联想。苏轼的杨花词正是如此。这以前，我们还未在词史上发现有这样深刻而复杂的咏物词。词家张炎说："东坡次章质夫杨花《水龙吟》韵，机锋相摩，起句便合让东坡出一头地，后片愈出愈奇，真是压倒今古。"（《词源》卷下）苏轼晚年贬谪惠州期间为朝云作了几首诗词，有感于她"忠敬如一"，伴随远谪岭南，患难与共。传世名篇《贺新郎》在宋代就有一段东坡与官妓秀兰的传闻，系出于附会，词与传闻的本事不甚相符。它很可能是苏轼在惠州贬所"美朝云之独留"而作的。词云：

> 乳燕飞华屋。悄无人、桐阴转午，晚凉新浴。手弄生绡白团扇，扇手一时似玉。渐困倚、孤眠清熟。帘外谁来推绣户，枉教人，梦断瑶台曲。又却是，风敲竹。　　石榴半吐红巾蹙。待浮花浪蕊都尽，伴君幽独。秾艳一枝细看取，芳心千重似束。又恐被、西风惊绿。若待得君来，向此花前，对酒不忍触。共粉泪，两簌簌。

词写朝云在暑热中的可爱情态，拟托榴花以表现其孤芳，而且似乎预感到"秋风惊绿"，担心她的弱质不适应蛮烟瘴雨的恶劣环境。结果很快便"狂风卷朝霞"，证实了苏轼不祥的预感。词的上阕描写女性生活情态与传统婉约的写法无异，下阕以榴花象征某些女性所具有的可贵的品格。她们不是那种"浮花浪蕊"，而是像榴花一样秾艳孤芳，深意似束，但是仍会随秋风陨落的。封建士大夫们一般对家妓或侍妾如玩乐工具，虽偶尔在歌词中赞美她们的色艺，却并不尊重她们。从苏轼的这首词，我们却看到他对她们人格的尊重，对她们的理解和真正的同情。这点也是此词思想情趣高于传统艳科题材之处。

除以上这些名篇杰作而外，苏轼其余的许多婉约词里也常常出现具有思想深度或哲理意味的艺术形象。如表现对于生活充满希望、向往未来的："不如留取，十分春态，付与明年"（《雨中花慢》），"又莫是、春风逐来，便吹开眉间，一点春皱"（《洞仙歌》）。如不因春归而感伤，敢于面对现实生活的："绿阴青子莫相催，留取红巾千点照池台"（《南歌子》），"枝上柳绵吹又少，天涯何处无芳草"（《蝶恋花》）。这些苏词名句都是有丰富含义的，它激起人们以积极的态度看取人生。

　　苏轼的婉约之作是有自己独创的艺术特色的。它有较强的思想性和真实情感，因而境界很高，有的甚至具有哲理意义；它有情意缠绵的作品，也有花间尊前赠歌妓之作，但却基本上没有低级庸俗的趣味，某些作品大大超出了男欢女爱的范围；它如苏轼其他作品一样，如行云流水，自然清新，尽洗铅华。所以苏轼虽有较多的婉约之作，与传统的婉约词比较，它已有新的特点。它与其豪放词存在着思想和艺术的某些联系，它们共同表现了作者的审美趣味。苏轼词的艺术风格是既丰富而又统一的。

七

　　东坡词存在豪放与婉约两大类风格的作品，而且婉约的作品还多于豪放的，这能否认为苏轼是豪放词人呢？从词的发展过程来看，现存唐代流行于西北民间的敦煌曲子词，内容和风格都是多种多样的，其中那些关于边塞战争、武士言志、番汉关系等题材的作品都具有雄壮、粗犷、豪放的艺术风格。在中晚唐和五代的文人作品中社会现实的重大题材被排斥了，雄壮劲健的风格消失了。由于词体所具的音乐与娱乐的性质，它在都市歌楼酒肆的演唱过程中逐渐增加了感官声色享乐的因素，而使题材内容愈益狭窄，情调愈益低下，终于走上"艳科"的道路。这种风气延续到北宋开国以来相当长的一段时期。晏殊、柳永等词人虽在不同方面对词的内容与表现技巧有所创新，但仍是在传统的婉约词内部进行的，并未改变传统词的总体艺术风格。范仲淹、欧阳修、王安石等也有过一些沉郁、旷达、老健的作品，尤其是欧阳修后期对于词体改革的尝试有一定的影响，但总的看来成效甚微，难以使词的发展方向发生重大变化。苏轼的豪放之作其绝对数目之大、许多作品的高度艺术成就都是词史上空前的，而且他的婉约之作也有新的思想深度和新的艺术特点，因而突破了传统词的范围和束缚。关于这点，在南宋初年爱国主义思想高涨之时，人们是最清楚地认识到并对其意义作了充分肯定的。王灼说：

> 长短句虽至本朝盛，而前人自立，与真情衰矣。东坡先生非醉心于音律者，偶尔作歌，指出向上一路，新天下耳目，弄笔者始知自振。（《碧鸡漫志》卷二）

这是指出东坡词的深刻思想及其现实性所产生的社会作用，使人们认识到词体的社会功能。胡寅追溯了唐五代及宋初以来的一段词史后说：

> 及眉山苏氏，一洗绮罗香泽之态，摆脱绸缪宛转之度，使人登高望远，举首高歌；而逸怀浩气，超乎尘垢之外，于是《花间》为皂隶，柳氏为舆台矣。（《酒边词序》）

这着重对苏轼的豪放词的意义作了高度的评价。汤衡则又强调了苏轼以诗为词促进了词体改革的历史功绩。他说：

> 昔东坡见少游《上巳清明池》诗有"帘幕千家锦绣垂"之句，曰："学士又入小石调矣。"世人不察，便谓其诗似词，不知东坡之此言盖有深意。夫镂玉雕琼，裁花剪叶，唐末词人非不美也，然粉泽之工，反累正气。东坡虑其不幸而溺夫彼，故援而止之，惟恐不及。其后元祐诸公，嬉弄乐府（词），寓以诗人句法，无一毫浮靡之气，实自东坡发之也。（《于湖词序》）

根据宋人的评论，我们可以看到苏轼对词体的改革在词史上的重要意义，而他对词体的改革意在创立一种新的总体风格。如果承认苏轼是豪放词风的创立者，但他是否建立起一个豪放词派并成为这一词派的领袖呢？这关系到对文学流派概念的理解。

在我国传统的文艺批评中"派"的概念既可指风格类型的流别，也可指某一时期所形成的文学流派。关于宋词的婉约与豪放，前人虽然也称它们为"派"，但究其真实含义仍然是就宋词两大类基本艺术风格而言。严格意义的文学流派是同一个时代的思想与艺术倾向基本相同的作家群，他们有某种组织或建立有文学社团，他们有自己的理论并在文学创作中有大致相同的艺术风格，而且其组织联系、理论与艺术风格还具有一个发展的系列。宋代文学在我国文学史上是文学流派形成与互相竞争的时代，宋诗的发展有先后迭起的流派，但宋词却无流派。苏轼虽然开创了豪放的艺术风格，在他的周围并未形成一个豪放派。

苏门四学士秦观、黄庭坚、张耒、晁补之都能作词。其中秦观与黄庭坚最有词名，陈师道说："今代词手，惟秦七、黄九耳，唐诸人皆不逮也。"（《苕溪渔隐丛话》后集卷三十三）但四学士中只有黄庭坚与晁补之的部分词有学习东坡的迹象。黄庭坚（1045—1105）的词分俗词与雅词两类，其俗词是柳永词的变态发展，其少数雅词学习苏轼，但失之生硬。例如《念奴娇·八月十七日同诸孙待月，有客孙彦立者善吹笛，有名酒酌之》，黄庭坚自谓此词"或以为可继东坡赤壁之歌"。这虽有意学东坡，可是无论其思想与艺术都远不能与原作相比拟。一般公认能继苏轼词风的是晁补之（1053—1110），如近人张尔田先生说："学东坡者，必自无咎（晁补之）始。"（《忍寒词序》）晁补之实际上仅继承和发展了东坡词中那种旷达、冲淡的风格，着重发挥陶诗的意趣，表现儒冠误身与归田自适的主题；词意颇为衰飒，缺乏积极的意义和深刻的思想，其影响是微不足道的。

与苏轼同时代的词人中，贺铸（1052—1125）的词风是接近东坡词的，如《小梅花》与《六州歌头》是粗犷恣肆、雄姿壮采的豪放词。这样的词毕竟是极少的，而且它在表达方式与艺术渊源方面都与东坡词异趣。如张耒评其词云："夫其盛丽如游金、张之堂，而妖冶如揽嫱、施之袪，幽洁如屈、宋，悲壮如苏、李。"（《东山词序》）其悲壮者稍近苏轼。贺铸与苏轼有交游关系，却极疏淡。可见，苏轼与黄庭坚、晁补之、贺铸之间并未形成一个文学流派，而且苏轼也不是他们的领袖。

北宋后期至南宋初年受东坡词风影响的还有叶梦得、陈与义、朱敦儒、向子谨等较为重要的词人。这几位词人都经历了历史的剧变和国破家亡的严酷现实。苏轼所开创的豪放词风更适合表现这些严肃的思想和题材，因而学东坡词成为一时的风气。关注评叶梦得词说："味其词婉丽，绰有温、李之风，晚岁落其华而实之，能于简淡时出雄杰，合处不减靖节、东坡之妙，岂近世乐府之流哉！"（《石林词序》）黄升评陈与义词说："《无住词》一卷，词虽不多，语意超伦，识者谓其可摩坡仙之垒也。"（《中兴以来绝妙词选》卷一）胡寅评向子谨词说："步趋苏堂而哜其胾者也。"（《酒边词序》）这些词人学习东坡词基本上是继承发展了其旷达或疏快的风格。最能发展东坡词豪放风格的是南宋中兴以来的一群表现时代强音和民族气节的张纲、胡铨、岳飞、张元幹、张孝祥等爱国将领和词人们。他们的作品笔酣兴健、悲壮激烈，表达了人民群众和爱国将领抗金救国的意志。他们的许多词直接参与了现实政治生活，成为政治斗争的手段和鼓舞人民斗志的战歌。他们词的渊源实出自苏轼，如汤衡认为张孝祥词"要与'大江东去'之词相为雄长。……如《歌头》（《六州歌头》）、《凯歌》（《水调歌头·凯歌寄湖南安抚刘舍人》）、《登无尽藏》（《水调歌头·汪德邵作无尽藏楼于栖霞之间取玉局老仙（苏轼）遗意》）、《岳阳楼》（《水调歌头·过岳阳楼作》）诸曲，所谓骏发踔厉，寓以诗人句法者也。自仇池（苏轼）仙去，能继其轨者，非公（张孝祥）其谁与哉！"（《于湖词序》）中兴爱国词人是辛弃疾的先声，是从苏轼到辛弃疾词发展过程的中介。苏轼开创的豪放词风在南宋特定的历史文化条件下得到发扬和光大了。

周邦彦及其词

一

　　周邦彦是北宋文化低潮时期的代表人物。他的词作标志了宋词艺术技巧的成熟，其词风所显示的新的倾向对南宋词的发展产生了巨大而深远的影响。前人对周词的评价极高，如清人周济说："清真，集大成者也。"（《宋四家词选目录序论》）陈廷焯也说："词至美成乃有大宗，前收苏（轼）、秦（观）之终，复开姜（夔）、史（达祖）之始；自有词人以来，不得不推为巨擘，后之为词者，亦难出其范围。"（《白雨斋词话》卷一）这位词人的政治态度及其词的创作都呈现较为复杂的情形，他在词史上的地位曾经被抬高或被夸张到很不恰当的程度。对周词的评价很突出地反映着时代审美趣味的变化，也突出地表现出评论者的艺术偏好。在文学史上有不少的作家，他们的成就带着偏胜的特点，在某方面有较为明显的缺陷；因而人们对他的评价有时经过几个历史时代也难使悬殊的意见趋于或接近一致。但是人们总会辨识哪些意见是较为合理的，由此也可期望将来会得到一个最后的公允的评判。

一

周邦彦字美成，钱塘（浙江杭州）人，生于北宋嘉祐元年
（1056）。他的家世及其少年时代情形，皆不得其详。史称他"疏
隽少检，不为州里推重，而博涉百家之书"（《宋史》卷四四四）。
约在宋神宗元丰二年（1079），他在北宋都城东京太学学习。京都
的太学是收八品以下官员子弟，熙宁变法以来将太学生分为外舍、
内舍、上舍三等，依次递升，经各种严格考试之后便可推恩注官。
周邦彦能入太学，说明他属官宦人家子弟，他的叔父周邠也曾官
至朝请大夫。元丰六年（1083）七月，二十八岁的周邦彦向神宗
皇帝进献了《汴都赋》，甚得神宗的赏识，遂将他由太学内舍生荣
升为太学学正。学正"掌举行学规"是正九品京官，本应由进士
或制科出身的选人担任，故周邦彦一跃而跻，可谓"恩蒙异数"。
献赋一年多，神宗去世。继位的哲宗皇帝年仅十岁，遂由高太后
权同听政，起用司马光等旧派，罢行新法，政局发生了重大变化。
周邦彦因献赋而加入变法派营垒，因此他在元祐时期外任庐州
（安徽合肥）教授和溧水（江苏溧水）县令等初级地方官职。绍圣
元年（1094）哲宗亲政，起用变法派，章惇等人执政，不久周邦
彦也还京任国子主簿。元符元年（1098）六月，哲宗皇帝记起了

献《汴都赋》的周邦彦，召见于崇政殿，命他重进《汴都赋》，旋即除秘书省正字。在徽宗朝，周邦彦的仕途很坦畅：历考工员外郎、宗正少卿兼仪礼局检讨、卫尉寺正卿，出任龙德府（山西长治）知州、徙任明州（浙江宁波）知州。政和六年（1116），周邦彦六十一岁，以秘书监进徽猷阁待制提举大晟府。

大晟府建置于宋徽宗崇宁四年（1105），是掌管朝廷雅乐和燕乐的专门机构；一些精通音律的词人担任了制撰之职，"以盛德大业及祥瑞事迹，制词实谱"，粉饰升平。周邦彦"妙解音律"，"好音乐，能自度曲，制乐府长短句，词韵清蔚"，"其提举大晟亦由此"（《咸淳临安志·人物传》）。与他先后同在大晟府任职的有徐伸、田为、晁冲之、万俟咏、晁端礼等皆知名的词人。后来张炎谈到此事曾说：

> 粤自隋、唐以来，声诗间为长短句，至唐人则有《尊前》《花间集》。迄于崇宁，立大晟府，命周美成诸人讨论古音，审定古调。沦落之后，少得存者。由此八十四调之声稍传，而美成诸人又复增演慢曲引近，或移宫换羽为三犯、四犯之曲，按月律为之，其曲遂繁。（《词源》卷下）

周邦彦之"负一代词名"，这与其提举大晟府期间制作和整理歌词的功绩有关，为此赢得在词坛的声誉。在大晟府任满之后，周邦彦出任真定府（河北正定）知府，改任顺昌府（安徽阜阳）知府，徙任处州（浙江丽水）知州，经历了方腊起义的战乱，于宣和三年（1121）去世，卒年六十六岁。在周邦彦去世五年之后，北宋王朝便灭亡了。

周邦彦一生的命运是与其《汴都赋》紧密相连的。自汉代文人以赋体铺陈"京殿苑猎"、歌颂国家熙盛以来，深受封建统治者的称赞，于是献赋者代不乏人。虽然在唐宋时赋体已有很大的改进，但形式古旧的"京殿苑猎"赋仍未绝迹。周邦彦长达六千七百言的《汴都赋》也因歌颂"皇朝太平"，而"声名一旦振耀海内"。在我国长期的封建社会中也有过不少政治开明、经济繁荣、文化兴盛的时代，如果献赋以颂是极其应该的，但周邦彦献赋时的宋王朝却是国运不亨的。当时王安石早已罢政，由王珪、蔡确、章惇等人执政，在神宗主持下继续推行新法。后期的变法派以新法作为压榨和掠夺人民的工具，人民进一步贫困化了；北方黄河连年决堤，"河水暴至，数十万众号叫求救"；不少地方的人民还进行了反对保甲法的斗争。北宋在对西夏的战争中遭到惨败，元丰四年和五年灵州与永乐城战役，宋军将校死难者千数，兵士阵亡者六十万人。内外交困，使正当盛年的神宗皇帝忧瘁成疾。可是在《汴都赋》中却充满谀辞："广储折中，顺成富国"；"野无菜色，沟无损瘠"；"人安以舒，国赋应节"；"焕烂乎唐虞之日，雍容乎洙泗之风"；"仁风冒于海隅，颂声溢乎家塾"。作者借歌颂北宋帝都以歌颂宋王朝，尤其是歌颂了神宗皇帝的丰功伟绩。这样对"皇朝太平"的粉饰可以满足封建统治者的虚荣，也是对其灰暗的失败心理的安慰，还可载入史册以显皇帝的治迹；所以神宗皇帝特别赏识它，周邦彦也因此殊荣而跻入仕途。宋代士大夫受到国家优厚的礼遇，其中有许多人具有强烈而深厚的忠君爱国的理想，尤重出处大节，关心国家局势，忠言谠论，议辩煌煌，往往置祸福得丧于不顾。在变法后期章惇等执政以后，政治生活趋于黑暗，士大夫言政事者遭到严重的迫害。这时献赋以颂是正直的士大夫和文人所不屑为的。北宋建国以来便先天的积贫积弱，与北宋名臣指陈时弊的政论或关于富国强兵策略的上皇帝万言书相较，献赋以颂的虚饰谀媚是令人感到生厌的，所以有宋一代献赋的文人寥寥无几。周邦彦献赋而入仕便卷入了统治阶级内部的宗派斗争。《汴都赋》对神宗治迹的颂扬，意味着对变法派的肯定，可以被后期变法派利用来作为对自己的政治声援。所以宋哲宗亲政后，变法派得势，周邦彦也重进《汴都赋》。在《重进汴都赋表》中，他又再次歌颂神宗皇帝的"盛德大业"说：

> 恭惟神宗皇帝，盛德大业，卓高古初，积害悉平，百废再举；朝廷郊庙，罔不崇饰；仓廪府库，罔不充盈；经术学校，罔不兴作；礼乐制度，罔不厘正；攘狄斥地，罔不流行；理财禁非，动协成算。以至鬼神怀，鸟兽若，缙绅之所诵习，载籍之所编记，三五以降，莫之与京。

以为我国历史上除远古的三皇五帝之外，没有任何帝王可以超过神宗的功绩了。这极度夸张的谀颂很投合"绍述"时期的政治需要。周邦彦又顺理成章地将哲宗歌颂一番，为其"一代方策，可无述焉"而深表遗憾，以为哲宗的"盛德大业"又大大超过神宗，旧的《汴都赋》"尚有靡者焉"。我国封建士大夫和文人按传统伦理观念是必须忠君的，因而不可避免地在应制或奏议等官样文里偶尔称颂君主的圣明，这固可理解。但是宋代士大夫和文人很重视学理和政治问题的探讨，正直的人们并不对君主盲目地歌颂。北宋盛时君主如仁宗皇帝就曾遭到朝臣多次的疏论，神宗和哲宗是远不能与之相比的，尤其哲宗是一位凡庸而残暴的君主。从哲宗开始，北宋社会危机已大大加深，统治阶级在宗派纷争中削弱了自己的力量，国势趋于衰败。周邦彦对神宗与哲宗的歌颂同实际情况相去甚远而变得虚伪浮夸。重进《汴都赋》后，周邦彦的政治命运随着后期变法派得势而逐渐亨通了。一年半之后，二十五岁的哲宗死去，徽宗继位，不久改年号为崇宁，表明崇绍神宗事业，任蔡京为相，继续推行新法，新法的性质已被全部歪曲了。宋徽宗再主"绍述"之说，而传播士林的《汴都赋》再度得到皇帝的赏识，献赋者周邦彦也特别受到皇恩的眷顾。南宋时楼钥感叹说："哲宗始置之文馆，徽宗又列之郎曹，皆以受知先帝（神宗）之故，以一赋而得三朝之眷，儒生之荣莫加焉。"（《清真先生文集序》，《攻媿集》卷五十一）蔡京执政时期，统治阶级极其腐败而政治也更加黑暗。周邦彦之在徽宗朝开始显达是与蔡京有一定关系的。他献给蔡京的贺寿诗云："化行禹贡山川内，人在周公礼乐中。"诗称赞仁化所至，海内升平，而以蔡京有似制礼作乐的儒家理想政治人物周公。蔡京得此诗而"大喜"。（《挥麈余话》卷一）

从周邦彦献赋而开始其三十余年的仕宦与创作活动，这时正是北宋文化低潮时期。在当时的具体历史条件下，他不可避免地卷入统治阶级内部的宗派斗争。他不是政治家，也不是思想家，而是以文人的身份顺着时代的潮流而追随变法派的。非常不幸，他所追随的变法派与王安石执政时的变法派大不相同，已丧失了变法的进步与革新的意义，而是北宋后期一股居于统治地位的反动政治势力。周邦彦毕竟是文人，虽然其政治命运与后期变法派连结一起，但却没有什么政治活动，只是扮演着粉饰现实的角色，所以晚年提举大晟府"以盛德大业及祥瑞事迹制词实谱"。如果脱离具体的历史环境来分析周邦彦的《汴都赋》和评价其献赋活动，便很可能误认为《汴都赋》是对王安石新政的歌颂，而献赋活动则是对王安石新政的支持了。献赋若在熙宁王安石执行时期固可作是解，惜乎它是在王安石罢政数年之后群魔乱舞的时代了。因此，周邦彦的献赋活动是没有积极的社会意义可言的。

三

　　周邦彦的诗文集在宋代流传有《清真先生文集》二十四卷，是诗文合集；《清真杂著》三卷，是后人辑其任溧水县令时的诗文；《操缦集》五卷，为诗集。这三种集子皆见宋人晁公武《郡斋读书志》和陈振孙《直斋书录解题》著录，明代已经残缺，以后更散佚不传，仅有《清真先生文集序》见存于楼钥《攻媿集》中。楼钥的先世与周邦彦有交旧，访其曾孙而得家集并为之序，故辞多溢美，如云：

　　　　公壮年气锐，以布衣自结于明主，又当全盛之时，宜乎立取贵显，而考其岁月仕宦，殊为流落，更就铨部试远邑，虽归班于朝，坐视捷径，不一趋焉。三馆州麾，仅登松班，而旅死矣。盖其学道退然，委顺知命，人望之如木鸡，自以为喜，此又世所未知者。乐府传播，风流自命，又性好音律，如古之妙解，"顾曲"名堂，不自已，人必以为豪放飘逸高视古人，非攻苦力学以寸进者。及详味其辞，经史百家之言，盘屈于笔下，若自己出，一何用功之深而致力之精耶！

周邦彦墨迹

这将周邦彦誉为大有古代有道之士的淡泊、浑厚和渊雅之风了。

清末丁立中和近世王国维都曾注意周邦彦佚诗佚文的搜集，近年有学者在前人的基础上辑得其诗四十二首，各体文十二篇①。宋人张端义曾说："美成以词行，当时皆称之，不知美成文章大有可观，惜以词掩其他文也。"（《贵耳集》）陈郁评其诗则言："当时以诗名家如晁（补之）张（耒）皆自叹以为不及。"（《藏一话腴》外编）我们今天读到周邦彦的一些佚诗佚文，它们的内容和表现形式与北宋其他较有影响的作家比较起来是显得很平庸和陈旧的，远不能同他在词作上的成就相比拟。无怪乎王国维先生晚年盛称周邦彦之时，也不得不承认："先生于诗文无所不工，然尚未尽脱古人蹊径。"（《清真先生遗事·尚论》）从周邦彦的佚诗佚文，可以说明他虽以词名世却还兼擅其他诗文赋各体并显示出其学识是很渊博的。其《汴都赋》《重进汴都赋表》《田子茂墓志铭》《天赐白》《薛侯马》等作品则表现出作者的基本政治态度和对社会现实生活的关注。这样有助于我们全面地来评价这位词人。

周邦彦自号清真居士，故其词集名《清真集》。此集自宋以来流传很广，版本计约三十六种之多。其中各本有不满百首者、一百二十余首者、一百八十余首者。南宋嘉定四年（1211）刊行的《详注周美成词片玉集》十卷，刘肃序云："章江陈少章（元龙），家世以学问文章为庐陵望族，涵泳经籍之暇，阅其词，病旧注之简略，遂详而疏之。俾歌之者究其事、达其辞，则美成之美益彰。犹获昆山之片珍，琢其质而彰其文，岂不快夫人之心目也；因命

---

① 见蒋哲伦《周邦彦集》，江西人民出版社，1983 年；罗忼烈《周邦彦清真集笺》，三联书店香港分店，1985 年。

之曰《片玉集》。"这个集子所收的一百二十七首词，自来认为全是周邦彦的作品，所遗的仅少数几首；周词的总数约一百三十首①。按照大晟府诸词人的制作情况来推断，周邦彦提举大晟府时应有歌颂祥瑞事迹和粉饰升平之作，但今存清真词中却没有这一类作品。这很可能当其最后结集时，已经将它们舍弃，而仅存"悲欢离合，羁旅行役之感"的作品。但这样更可见到词人真实的思想情感与基本的艺术特色。

---

① 陈元龙注《片玉集》，朱祖谋收入《彊村丛书》。吴则虞先生整理点校的《清真集》（《中华书局1981年出版》其上下两卷即是录陈本所收之词；补遗的数十首词，据吴先生的校记和考异，除几首而外，皆非周邦彦之作。

四

北宋词体的改革一直未被纳入文学革新运动的范围。北宋前期，柳永首先将社会都市市民生活题材引入词的领域，虽受到社会民众的欢迎，却遭到文人的鄙视和指摘。北宋中期，苏轼继欧阳修改革词本，大大提高了词体的社会功能，已经达到"无意不可入，无事不可言"的地步，对文人词的发展产生了积极的影响。但是随着北宋社会改革的失败，文化的发展转入低潮，北宋后期词的发展又回到传统"艳科""小道"的老路上去。词作脱离社会现实、题材狭窄、热情消失、思想平庸，成为一时较为普遍的倾向。周邦彦正是北宋后期这一倾向的代表者。

清真词的题材以传统的艳科为主，同时发展了柳永以来羁旅行役的题材，咏物词显著地增加了。不同的作家对题材的处理都有自己独特的方式。题材的广阔或狭窄，对于作家的成就还不是起决定作用的。关键是作家通过某个题材所揭示的生活和所表现的思想的深度。与晏殊、柳永、欧阳修、苏轼等词人比较起来，周邦彦的作品却是缺乏深度的。周邦彦青年时代为太学生时，在北宋都城汴京曾有过一段较为浪漫的生活："冶叶倡条俱相识，仍惯见珠歌翠舞。"（《尉迟杯》）此后他在宦游生涯中也与官妓或其他歌妓们有极为密切的关系，这在宋人笔记小说中有不少关于他风流遗事的记载①。这些生活成为周邦彦词的主要题材，即使晚年所写的一些感伤的词也多半与追念旧情有关联的。周邦彦咏歌妓的《意难忘》在宋时是广为流传的。词云：

> 衣染莺黄。爱停歌驻拍，劝酒持觞。低鬟蝉影动，私语口脂香。檐露滴，竹松凉，拚剧饮淋浪。夜渐深，笼灯就月，子细端相。　　知音见说无双。解移宫换羽，未怕周郎。长颦知有恨，贪耍不成妆。些个事，恼人肠。试说与何妨。又恐伊、寻消问息，瘦减容光。

这是写他认识的少女歌妓的情形。像这类的词在《清真集》里很多，仅停留于外在形态的描摹和表现文人的玩赏兴趣，始终未表现出作者对她们的同情、尊重或真诚地相爱。她们是作为文人们消遣的对象："人静，携艳质，追凉就槐影"（《侧犯》）；"细想别后，柳眼花须谁剪？此怀何处消遣"（《荔枝香》）。周邦彦实际上是贱视歌妓的，他曾在《尉迟杯》和《一寸金》两词中称她们为"冶叶倡条"，不自觉地流露出封建士大夫的等级观念和鄙视的情感，以为她们生性轻薄浮荡像柔媚的柳枝柳叶一样，可由人们任意攀折的。

---

① 参见谢桃坊《李师师遗事考辨》，《中华文史论丛》1985 年第 4 辑。

宋刊《片玉集》书影

绍圣初年，周邦彦任溧水县令，据宋人说，"溧水令主簿之室有色而慧，美成常款洽于尊席之间，世所传《风流子》词，盖所寓意焉"（《挥麈余话》卷二）。宋代官员中一些下属出姬人歌舞为长官侑酒以示巴结是常有的。且看这首《风流子》：

> 新绿小池塘。风帘动、碎影舞斜阳。美全屋去来，旧时巢燕，土花缭绕，前度莓墙。绣阁里、凤帏深几许，听得理丝簧。欲说还休，虑乖芳信，未歌先咽，愁近清觞。　　遥知新妆了，开朱户、应自待月西厢。最苦梦魂，今宵不到伊行。问甚时说与，佳音密耗，寄将秦镜，偷换韩香。天便教人，霎时厮见何妨？

即使说关于此词的本事属于传闻而不可靠，但词中确实表现了士人准备勾引某家眷属以达到偷情西厢的愿望。它并不是如柳永俗词所表现的市民生活情趣，而表现的是士人的轻薄行为。抒情主人公盼望对方相约待月西厢，以满足对于色情的渴望；想象那位姬人会如晋时贾充之女，悦韩寿之美，赠之奇香，遂与私通。我国传统诗词中描写爱情的作品不少，但只有表现了纯洁的情感和高尚的品格才可能是有价值的。品格和意趣的低下是周邦彦恋情词的根本缺陷。清人刘熙载所说的"周旨荡"正是指《风流子》这类作品。《清真集》的压卷之作《瑞龙吟》是周邦彦的传世名篇，所表现的思想情感颇为雅致含蓄，但如果细细寻绎也可发现其中包藏了不少庸俗无聊的东西，某些情感是虚饰而淡漠的。词云：

章台路。还见褪粉梅梢，试花桃树。愔愔坊陌人家，定巢燕子，归来旧处。　　黯凝伫。因念个人痴小，乍窥门户。侵晨浅约宫黄，障风映袖，盈盈笑语。　　前度刘郎重到，访邻寻里，同时歌舞。唯有旧家秋娘，声价如故。吟笺赋笔，犹记燕台句。知谁伴、名园露饮，东城闲步。事与狐鸿去。探春尽是，伤离意绪。官柳低金缕。归骑晚、纤纤池塘飞雨。断肠院落，一帘风絮。

此词作于周邦彦绍圣间还京任职之时。这时词人已是中年，重到京华，旧情牵系。春日经过章台坊曲的歌楼之时，大有"人面不知何处去，桃花依旧笑东风"的感慨。梅落桃花开，燕子归来，词人重到旧处，缅想当年情景：娇小的歌妓，浅淡梳妆，风姿绰约，笑语窥人；初次与她歌舞欢乐。但这情景已成过去，只今物是人非，某些同时的歌妓还保持着昔日的声价，可是那位痴小的歌妓已无法寻访了。寻访的结果，令人太扫兴，时值春日，留下淡淡的伤春的情绪。这犹如"十年一觉扬州梦"罢了，薄幸者仍是士大夫文人。事实上他们与歌妓的关系，一般都是如此结局：玩赏、抛置、怀旧、惆怅，最后遗忘。以优美文雅的词句抒写怀旧和惆怅的情感，能够表现出封建时代文人的温情和风流自赏的趣味，不失他们的上流社会身份，这被认为是一种雅事，所以它能引起一些文人的同感和共鸣。前人盛称此词的原因便在于此。清代词家周济评此词云："不过'桃花人面'旧曲翻新耳。看其由无情入，归结无情。"（《宋四家词选》）全词所表现的情感是淡漠的。周邦彦在其他的一些词里也表示过："拚今生，对花对酒，为伊泪落"（《解连环》）；"奈向灯前堕泪，肠断萧娘，旧日书辞犹在纸"(《四园竹》)。但从其整个恋情词的基本情况来看仍是"归结无情"。正如词人在《玉楼春》词里所表示的：昔日的情人像风后偶然映入江中的云影，很快就消逝；而词人的情感却像粘泥着地的柳絮一样，不再趁逐春风。——"人如风后入江云，情似雨余粘地絮。"无怪乎我们读清真词总会发觉它没有那种回肠荡气的感人力量。王国维先生说："词之雅郑，在神不在貌。永叔（欧阳修）、少游（秦观）虽作艳语，终有品格。方之美成，便有淑女与倡伎之别。"（《人间词话》）王国维早年读清真词的感受是真实可靠的，虽然在立论上未摆脱正统文学的观念。

与传统词比较，周邦彦自我抒情的羁旅之作大为增加，柳永后期的雅词对他发生了很重要的影响。周词与柳词不同的是，在这类题材里表现了封建士大夫对宦游的厌倦的颓唐灰暗的情绪，广阔的社会生活背景在这里隐没了。周邦彦元祐时期为溧水县令时作的《满庭芳》，前人评价极高，以为"神味最远"，"实开南宋诸公之先声"。词云：

> 风老莺雏，雨肥梅子，午阴嘉树清圆。地卑山近，衣润费炉烟。人静乌鸢自乐，小桥外、新绿溅溅。凭阑久，黄芦苦竹，拟泛九江船。　　年年如社燕，飘流瀚海，来寄修椽。且莫思身外，长近尊前。憔悴江南倦客，不堪听、急管繁弦。歌筵畔、先安簟枕，容我醉时眠。

元祐时期司马光、吕公著等旧派执政，周邦彦因献赋之事自然受到政治打击，外任地方初级官职。他似乎有白居易贬谪江州的感慨，但在作品里却从未表现出像白居易那样的人道主义光辉思想。

如此词仅表现出个人的忘却现实、憔悴慵懒，甚至对歌舞亦觉厌倦，企求在自我麻醉中逃避社会。周邦彦的另一名篇《兰陵王》是晚年极成熟的作品，以咏柳为题，抒发了作者的身世之感。词云：

> 柳阴直。烟里丝丝弄碧。隋堤上、曾见几番，拂水飘绵送行色。登临望故国。谁识，京华倦客。长亭路、年去岁来，应折柔条过千尺。　　闲寻旧踪迹。又酒趁哀弦，灯照离席。梨花榆火催寒食。愁一箭风快，半篙波暖，回头迢递便数驿。望人在天北。　　凄恻，恨堆积。渐别浦萦回，津堠岑寂。斜阳冉冉春无极。念月榭携手，露桥闻笛。沉思前事，似梦里，泪暗滴。

词人一生中几次离开京华，这最后一次却特别感伤。离别感伤的情绪反反复复，被表达得极为细腻含蓄。其中既有宦途的苦闷，也有情场的追悔，一切都仿佛如梦境一般。词意具有模糊的特点，犹如江淹的《别赋》，表达了一般情况下的离情别绪。它唤起人们某些近似的情感经验，因而有较强的感染作用。但我们如果将它与苏轼咏杨花的《水龙吟》相比较，则苏词更能引起人们去思考某些人生的意义，这意义又难以明悟，因而耐人寻味；而周词所缺乏的正是这点。周邦彦晚年曾经历了方腊起义，因此而避难流离。这样重大的现实冲击，词人有感而作了《西平乐》。它是词人的绝笔之作，词序云："元丰初，予以布衣西上，过天长（扬州附近）道中。后四十余年辛丑，正月二十六日避贼复游故地，感叹岁月，偶成此词。"元丰后四十余年的辛丑为宋徽宗宣和三年

(1121)，词人已经六十六岁了。当然，周邦彦作为封建士大夫是将方腊起义认为贼乱的。在避难中所写的这首词，作者仍仅仅局限于个人情绪的狭窄天地之中，有意避开了词题所具的严峻的社会意义。且看其词：

> 稚柳苏晴，故溪歇雨，川迥未觉春赊。驼褐寒侵，正怜初日，轻阴抵死须遮。叹事逐孤鸿去尽，身与塘蒲共晚，争知向此征途迢递，伫立尘沙。追念朱颜翠发，曾到处，故地使人嗟。　道连三楚，天低四野，乔木依前，临路敧斜。重慕想、东陵晦迹，彭泽归来，左右琴书自乐，松菊相依，何况风流熟未花。多谢故人，亲驰郑驿，时倒融尊，劝此淹留，共过芳时，翻令倦客思家。

词与词序好似不甚相连属，词全然抛开了避难的现实。上片备言行役厌倦的心情，下片表示羡慕秦末种瓜避世的邵平和东晋末弃官归隐的陶潜，但这仅是一时的念头而已，主要是盼望很快归家去过闲适的生活。作者对题材的这样处理，是固守传统作词的观念，拒绝在词里反映社会现实生活，避免接触重大社会题材，将词体仍局限于"小道"的范围。

以上数词便是我们从清真词中找到的其所达到的思想高境了。它们以个人抒情的方式表现了封建社会中文人的一些苦闷怨抑的情绪，并无多大的现实意义和积极的意义，更谈不上有什么人民性了。北宋文学的繁荣时代，随着北宋中期社会改革的潮流的退却而成为过去了。北宋后期虽然统治阶级内部矛盾、统治阶级与人民大众的矛盾和汉民族与北方少数民族的矛盾特别尖锐复杂，社会政治生活黑暗，社会动荡不安，可是作家们都普遍退避社会，脱离现实，局缩在个人狭小的天地。在这北宋文化低潮时期，再也没有出现伟大的作家和杰出的作品了，格调低下与思想平庸已是普遍的情况。不仅大晟府诸位词人的情形如此，即如李清照、叶梦得、陈与义、朱敦儒、张元幹、向子諲等较有成就的词人，他们南渡前的创作情形也大致如此，直到周邦彦去世数年之后的靖康之耻才唤醒了许多沉醉花间的词人。

五

到了北宋后期，词体已经过大约两百多年的发展，积累了较为丰富的艺术创作经验。周邦彦精于音律，有深厚广博的文化修养。他在词的创作中非常熟练地运用艺术表现手段，结构精美，方法完善，为词的写作方法建立了系列的程式，使后之作词者有法度可依；就是在此种意义上，他被尊为词之集大成者，宋人沈义父说："凡作词当以清真为主，盖清真最为知音，且无一点市井气，下字运意，皆有法度。"（《乐府指迷》）与周邦彦同时出现的江西诗派也在诗歌的创作方面建立了一系列的法度。这些文化现象的共同出现并不是偶然的，而是北宋后期文化低潮在诗词领域里的反映，也是文学艺术衰微的反映，因为种种陈规惯例的束缚，技巧和方法的千篇一律，艺术创作的生机便渐渐地丧失了。

周词的语言是很有艺术特点的，从整体语言风格来看，它比以前各家词更具典雅晦涩的倾向，文人的书卷意味特别浓厚了。虽然周词中也偶尔使用俗语，如："天便教人，霎时厮见何妨"（《风流子》）；"此时此意，长怕人道著"（《丹凤吟》）；"多少闲磨难，到得其时，看他做甚头眼"（《归去难》）；"著甚情悰，你但忘了人呵"（《满路花》）；但这少数的例子并不改变其典雅晦涩的总的倾向。它突出地表现为大量用典、使用代字、喜好融化前人诗句。

沈义父很推崇清真词，他也认为："清真词多要两人名对使，亦不可学也。如《宴清都》云'庾信愁多，江淹恨极'，《西平乐》云'东陵晦迹，彭泽归来'，《大酺》云'兰成憔悴，卫玠清羸'，《过秦楼》云'才减江淹，情伤荀倩'之类是也。"（《乐府指迷》）此外如《齐天乐》的"醉倒山翁"，用晋代山简每置酒则醉的故事；《红林擒近》的"援毫受简"，用西汉梁王于兔园授简于司马相如使为之赋；《黄鹂绕碧树》的"魏珠照乘"，用战国时魏王诏"寡人有径寸之珠；照车前后十二乘"；《绮寮怨》的"江陵旧事，何曾再问杨琼"，杨琼乃唐代江陵的歌者，白居易《问杨琼》云"古人唱歌兼唱情，今人唱歌惟唱声，欲说问君君不会，试将此语问杨琼"。这些事典是颇费解的，它们使词意艰涩而不甚清楚。

王国维先生说："词忌用替代字，美成《解语花》之'桂华流瓦'，境界极妙，惜以'桂华'二字代月耳。"（《人间词话》）借代本是我国传统修辞手段之一，如果使用得恰当而又易于理解，固可收到一定的艺术效果；如果用得太多，太生僻，"非意不足，则语不妙也"。周邦彦用代字是较多的，而有的颇为生僻。如《扫花游》的"暗黄万缕"，以初春的柳枝呈现暗黄色以代柳枝；《过秦楼》时"叶喧凉吹"，以秋风给人的凉意，遂以凉代风；《风流子》的"想寄恨书中，银钩空满"，"银钩"代笔迹，前人以为晋人索靖的草书宛若银钩；《满路花》的"帐底流清血"，"清血"以代眼泪，相传周时楚人卞和抱玉泣于楚山下，泪尽继之以血。

文章政事初非兩途學之優者
發而爲政必有可觀政有其餘
則近慕於詠歌者必其本有餘
外者也漢水爲夏山之邑官賦
浩穰民給於客似不可以絃歌
爲政而待制周公元祐谷酉春
中爲邑長千斯民政敬簡民到
子今稱之者周有餘愛而其无
可稱者於撥治劇之中有眼脿矣
舒嘯一驩一詠句中有眼臍美
人口者又有餘弊：洋：率在

則其政有不乏者存余恭周
公之才名有年十益不謂於八
十餘載之後隆公舊眼晚善而
且媿故自到任以來訪其政事
於所治後圓淨其道致有亭曰
姑射有堂曰蕭開背散神仙中
事揭而名之可以想像其襟抱
之不凡而又覩新綵之池隔浦
之蓮依然在目柳又愍公之詞
其撫寫物態幽畫其妙方思有

宋强焕题周邦彦词

前人很称赞周邦彦善于融化诗句入词，这与同时的江西诗派诗人的"点铁成金""夺胎换骨"的方法基本相同。如周词《满庭芳》的"黄芦苦竹，拟泛九江船"，用白居易《琵琶行》"浔阳地僻无音乐，黄芦苦竹绕宅生"之意；《夜游宫》的"桥上酸风射眸子"，用李贺《金铜仙人辞汉歌》的"东关酸风射眸子"；《六幺令》的"明年谁健，更把茱萸再三嘱"，用杜甫《九日兰田崔氏庄》"明年此会知谁健，醉把茱萸子细看"；《琐窗寒》的"故人剪烛西窗语"，用李商隐《夜雨寄北》的"何当共剪西窗烛，却话巴山夜雨时"。周邦彦的名作《西河·金陵怀古》，全词糅合刘禹锡《石头城》《乌衣巷》和乐府古辞《莫愁在何处》诗意而成。过多地融化前人诗句入词，给人以似曾相识的印象，缺乏作者的创意。

词本是为歌妓们演唱而作的，具有通俗易懂的特点，故为人们所欣赏。北宋前期和中期的许多词人虽然作了不少较为雅致的词章，但大都是自然明易而并不晦涩。周邦彦词大量使用事典、代字和前人诗句入词，造成其词语晦涩难懂，以致有宋一代，清真词就有曹杓的注本、陈元龙的详注本和无名氏的《周词集解》①。如果不凭注本，我们读周词是会感到非常困难的。南宋人刘肃为《片玉集》作序时说：

> 周美成以旁搜远绍之才，寄情长短句，缜密典丽，流风可仰。其征辞引类，推古夸今，或借字用意，言言皆有来历，

---

① 曹杓《注清真词》二卷，见《直斋书录解题》卷二十一；陈元龙《详注周美成词片玉集》十卷，见宋人刘肃序；《周词集解》，见沈义父《乐府指迷》。今仅传陈元龙注本。

真足冠冕词林。欢筵歌席，率知崇爱。知其故实者，几何人斯？殆犹属目于雾中花，云中月；虽意其美，而皎然识其所以美则未也。

可见宋人读周词就感到有许多障碍和困难了。

周邦彦写作长调词是继承和发展了柳永铺叙的赋的表现手法。柳词以平铺直叙见长；而周词的铺叙却更富于变化，习惯于倒叙方式，层层铺排，模写物态，体物入微，又常在叙述中穿插片段的情节，使词意曲折深蕴。如《应天长》：

> 条风布暖，霏雾弄晴，池塘遍满春色。正是夜堂无月，沉沉暗寒食。梁间燕，前社客。似笑我，闭门愁寂。乱花过、隔院芸香，满地狼藉。　　长记那回时，邂逅相逢，郊外驻油壁。又见汉宫传烛，飞烟五侯宅。青青草，迷路陌。强载酒、细寻前迹。市桥远，柳下人家，犹自相识。

词的上阕细致地抒写在暮春时节的现实感受，以旧时梁燕暗示景物依稀如昔时，于是下阕过变即以"长记那回时"钩转而追溯往事。这种写法也称逆入。又如《塞垣春》上阕描述羁旅行役之苦："暮色分平野。傍苇岸，征帆卸。烟村极浦，树藏孤馆，秋景如画。渐别离、气味难禁也。更物象，供潇洒。念多才、浑衰减，一怀幽恨难写。"前结句暗示了下阕词情的发展，以下便以"追念"方式抒写"一怀幽恨"了。《解语花》是作者晚年在外地抒写元宵时节的感受，上阕全写外地元宵的热闹场面："风消焰蜡，露浥烘炉，花市光相射。桂华流瓦。纤云散，耿耿素娥欲下。衣裳淡雅。看楚女、纤腰一把。箫鼓喧、人影参差，满路飘香麝。"下阕过变以"因念都城放夜"而追述京都元宵时的情景。以上三词都是以倒叙方式写作的；先叙述现实情景，由此引起对往事的追念，全词的结尾又回到现实情景。这样使叙述的角度始终立足于现实而有较大的概括性，使今昔的感受在对此之下更为强烈和集中，比起平铺直叙的方法是较复杂了。

宋人强焕为清真词作序曾指出它"模写物态，曲尽其妙"。周邦彦用赋笔善于细致地铺叙，将其对事物的精细观察与体验真实地表达出来，达到体物入微的程度。如《解连环》上阕："怨怀无托。嗟情人断绝，音信辽邈。纵妙手能解连环，似风散雨收，雾轻云薄。燕子楼空，暗尘锁、一床弦索。想移根换叶，尽是旧时，手种红药。"词以"怨怀无托"突兀而起，总括全篇词旨，上阕重在铺写情之无托。自与情人别后，音信杳无，关系完全断绝了。苦闷的情怀又只有情人才能解除，如传说中的连环只有聪明的齐后能以椎破之；但是能解连环的人而今却像"风散雨收，雾轻云薄"已无法相见了。往日聚会之处，已如唐时盼盼离去燕子楼一样而人空尘锁了，留下旧时手种的芍药更令人伤心。这四层铺叙突出空杳的现实情景以说明"怨怀"之"无托"，而"怨"就更难消释了。《丹凤吟》上阕描写暮春景物："迤逦春光无赖，翠沼翻池，黄蜂游阁。朝来风暴，飞絮乱投帘幕。生憎暮景，倚墙临岸，杏靥夭邪，榆钱轻薄。"这是春归景象，萍藻在池里翻动，蜜蜂飞入亭阁，柳絮飘进帷幕，红杏欲熟，榆荚飞坠：一切都杂乱衰残。这令人心情烦躁，因而感到"春光无赖"，以各种暮春景象表现"无赖"的心绪。《风流子》抒写离情别绪，上阕表现"楚客惨将归"，突出情景的悲惨，用了三层铺叙来表现。第一层写将归的前夜："望一川暝霭，雁声哀怨，半规凉月，人影参差。"第二层写入夜时的凄凉情意："酒醒后，泪花消凤蜡。"第三层写拂晓时的悲伤，点出了悲伤的原因："砧杵韵高，唤回残梦，绮罗香减，牵起余悲。"层层铺叙的方法集中了众多的意象，能够细致而生动地将某一情景具体表现出来，给人以深刻的印象，能收到很好的艺术效果。

周邦彦的恋情词往往在叙述中穿插一些精彩的情节片断，它与抒情相结合而显得词意生动多姿。如《过秦楼》抒写秋夜的情思，穿插了昔日情人在秋夜扑捉流萤的可爱情态："笑扑流萤，惹破画罗轻扇。人静夜久凭栏，愁不归眠，立残更箭。"《拜星月慢》抒发狐馆的秋思，在回忆中插入初识情人的难忘情景："小曲幽坊月暗，竹槛灯窗，识秋娘庭院。笑相遇，似觉琼枝玉树相倚，暖日明霞光烂。"周邦彦脍炙人口的名篇《少年游》是他青年时代初寓汴京之作，叙述了与某歌妓于冬夜欢聚时的温情，她"纤手破新橙，锦幄初温，兽烟不断，相对坐调笙"。因为有了这些精彩动人的情节穿插，所以我们读周词时会感到好似在听作者娓娓地述说他的爱情故事。

清末词家陈洵对清真词很有研究，他以为"清真格调天成，离合顺逆，自然中度"，"几于化矣"。（《海绡翁说词稿》）这基本上是就清真词的艺术结构特点而言的。清真词的艺术结构具有缜密、纤曲、完整的特点。它的层次非常分明，注意前后的照应，在词情变化之处善于钩转，体现出章法的严密；它多使用曲笔而不作线型的叙述，叙述时多以逆入的方式开始，使现实与往昔、时间与地点、写景与抒情、实写与虚拟，纵横交错，回环往复，呈现纤曲复杂的状态；它总是抒写瞬间的感受，妙于剪裁，注意起结与过变的关系，因而每首词都能构成一个完满的艺术体。如周邦彦的名篇《六丑·蔷薇谢后作》：

> 正单衣试酒，怅客里、光阴虚掷。愿春暂留，春归如过翼，一去无迹。为问家何在，夜来风雨，葬楚宫倾国。钗钿堕处遗香泽，乱点桃蹊，轻翻柳陌，多情为谁追惜。但蜂媒蝶使，时叩窗槅。　东园岑寂。渐蒙笼暗碧。静绕珍丛底，成叹息。长条故惹行客。似牵衣待话，别情无极。残英小、强簪巾帻。终不似、一朵钗头颤袅，向人欹侧。漂流处，莫趁潮汐。恐断红、尚有相思字，何由见得？

此词结构以精巧宛曲见长，"千回百转，千锤百炼"。题为"蔷薇谢后作"，显然是写花落后引起的感慨，而不是一般的咏物。蔷薇之谢与春归的时节相关，因而全词以惜花与惜春之情相互交错，使情景和谐交融。词从侧面起笔，以"单衣试酒"点明季节，以"客里光阴虚掷"引出惜春情绪。本希望春天再作短暂停留，而却瞬间即逝，且不留下一点痕迹。词意极曲折，一方面表明春归的无情，另方面又表明词人的多情，为春去匆匆而惋惜感伤。由此接触到蔷薇花谢的本题。写花落的情形显得情意浓郁而又恍惚迷离：花瓣的飘舞好似追惜逝去的春光。词的上阕抒写了春归花落的情景。过变以"东园岑寂"作一顿，承上启下，转到抒发惜花的情意。园林已经浓阴暗碧，春光与春花已成过去。徘徊于花丛下，自然引起惜别之情。但此情的表现是几经转折的：拟托蔷薇的枝条似为人们诉说往事；摘下残留枝头的一朵小花，簪在头巾上，以示爱惜之意，但发觉它终不是昔日盛开的花朵之美艳而更加深惜别之感；于是又由残英转到落花，希望它不要趁着潮汐匆匆流去。结尾暗用红叶题诗的故事将词情深化了。我们不难发觉词人是借花喻人，寄托了哀伤缠绵的情思。词题的花落春归的感慨终于得到充分而含蓄地表达了。此词的艺术构思是很别致的，如周济所说："不说人惜花，却说花恋人；不从无花惜春，却从有花惜春；不惜已簪之残英，偏惜去之断红。"（《宋四家词选》）作品的巧妙结构体现了作者奇特的构思。

《瑞龙吟》更能体现清真词艺术结构的特点。全词写重临故地，抚今追昔的情感，处处以今昔对比，盘旋曲折而层次极为清楚。词为双拽头，共三叠。第一叠写在章台故地重见昔时春日景物，立足于现实而在感受上以"还见"将今昔之印象混合；在谋篇方面是采取逆入的叙述方法。第二叠起句"黯凝伫"，承上启下，故作顿挫，由睹物而思人；以"因念"转入追忆初见"痴小"的歌妓的印象，插入一段精细的形象描绘，为全词生色。第三叠写伤今的情绪，"重到""坊陌人家"按顺序应在第一叠叙述，挪移至第三叠而产生回环的效果，使结构曲折；在"名园"与"东城"的伤今中又引起怀旧之感，今与昔作了强烈的对比。以探春的伤离意绪作为全词的收束，景语结情，与起笔照应，含蕴能留。词写探春怀旧的全过程，词意虽然反复曲折，而层层的意脉却是分明的。它的合理在于始终围绕探春的短暂的感受而展开词意，如果平铺直叙，便无"层层脱换，笔笔往复"之妙了。

从上述可见，周词在语言、表现手法和艺术结构等方面都达到了极高的艺术水平，因而为后人作词建立了一种规范法度，对以后词的创作产生了巨大而深远的影响。因此，周词的地位在南宋以后日益提高，以至一时模仿周词依调次韵者蔚然成风。方千里、杨泽民、陈允平等词人都遍和周词，不仅平仄不易，更于四声求同；许多周词名篇竟被认为是"四声体"，即平上去入四声都要求一一依填。实际上填词严守四声大都是后人故弄的玄虚。宋人如果真正这样作词，则他必须是音韵学家了，即使周邦彦作词也并非有意严守四声。周邦彦是音乐家，他作词特别注重词字与词调在乐律上的和谐。王国维先生说："今其声虽亡，读其词者犹觉拗怒之中，自饶和婉，曼声促节，繁会相宜，清浊抑扬，辘轳交往。"（《清真先生遗事·尚论》）词属于音乐文学，这与词字的声调有一定的关系，即每个词调有某些通行而稳定的音韵规则，而也保持一定的灵活应用的部分。词作是否谐美入乐并非平仄四声字字按谱，如柳永《倾杯》一调便有各体，而皆谐和入乐，即如周词同一调之作亦非字字的平仄四声尽同。词字的声调与音乐的关系，对于精通音律的词人是会根据该调的一般声韵规则，兼顾语势、行腔、唱法等因素作妥善处理的。周词的法度程式和格律的严密对以后词的发展在客观上是起了消极的作用，助长了形式主义的不良风气，相应地禁锢了作者的自由构思，而且也使词体渐渐退出了民间伎艺的场所。

六

　　清代中叶常州词派张惠言为尊崇词体,特别看重词体的比兴寄托功能,强调其"缘情造端,兴于微言",遂开启以寄托论词之风。从宋词的实际情况来看,其中确有一部分作品是以传统的比兴手法寄寓作者身世感慨的,也有极少数作品是有政治寓意的。以寄托论词者处处去寻求微言大义或香草美人之遗意,便很可能失之穿凿附会,甚至弄到荒唐可笑的地步。王国维就曾认为张惠言以寄托论词属于"深文罗织",往往歪曲了作者原意。对古代作品作社会的历史的分析是非常必要的,但在确定某些作品之有无政治寓意是应特别审慎的,须要有较为可靠的依据,否则便会重蹈张氏之失。

　　周邦彦是北宋后期著名的词人,在词史上有崇高的地位。最早对其词给予恰当评价的是宋人王灼。他评论周邦彦时总是联系到另一位北宋后期词人贺铸,认为:"大抵二公卓然自立,不肯浪下笔,予故谓'意新语工,用心甚苦'。"在王灼看来,这两位词人的创作态度是谨严的,而且都能"各尽其才,自成一家"的。他又说:"前辈云'《离骚》寂寞千载后,《戚氏》凄凉一曲终'。《戚氏》柳(永)所作也。柳何敢知。世间有《离骚》,惟贺方回、周美成时时得之。贺《六州歌头》《望湘人》《吴音子》诸曲,周《大酺》《兰陵王》诸曲,最奇崛。"(《碧鸡漫志》卷二)有学者认为:这是说贺铸和周邦彦词多寄托,有《离骚》的意味,而论者不考其行谊,徒观其香草美人之态,悲欢离合之语,终不知其"有《离骚》也"。于是据此以求周词之政治寓意。

屈原的《离骚》对我国文学的发展有深远的影响。刘勰谈到它的影响和后人学习的情形说:"其衣被词人,非一代也。故才高者苑其鸿裁,中巧者猎其艳词,吟讽者衔其山川,童蒙者拾其香草。"(《文心雕龙·辨骚》)可见学习《离骚》仅拾其芳草乃学之最下者。王灼谓周邦彦得《离骚》之意,细考其有关论述,并非指词的寄托。"《离骚》寂寞千载后,《戚氏》凄凉一曲终",这是以为柳永晚年之作《戚氏》的凄凉悲怨情调可以上继《离骚》。王灼是极力贬低柳词的,否定"前辈"此说,而认为贺铸与周邦彦词始得屈原之意。从他所举两家词例来看,贺铸的《六州歌头》直抒游侠的豪气,《望湘人》叙说伤春怀旧的情绪,《吴音子》备述羁旅行役之苦,三首全用赋的手法,并无寄托,词意甚明;周邦彦的《大酺》咏春雨而流露出旅愁和伤春的情绪,《兰陵王》咏柳而抒写离情别绪,两词通过咏物寄寓了作者忧伤的情感,也用的是赋笔。因此,王灼所谓周邦彦得《离骚》之意是指其作品表现的忧郁怨抑的情感和以赋的手法铺采摛文模写物态的特点,而不是香草美人的寄托。不仅王灼及其余宋人关于周词的评论从未谈到它有政治寓意,甚至以寄托论词的张惠言在《词选》中虽选了四首周词,也未找出它们的什么政治寄托来。从周邦彦献赋活动和仕进情况来看,他的政治态度是十分鲜明的,对后期变法派(包括蔡京集团)的依靠也是十分确凿的事实。当然,对于周邦彦的评价是不应因此而否定他在词史上的意义，但也不应以寄托论词的方法从清真词中寻求政治寓意而为周邦彦的政治态度曲为辩护。

词具有入乐可歌的特性，小唱已成为宋人时尚的文化娱乐方式，因而宋人作词主要是用于花间尊前遣兴娱宾，一般情形下不必在这种场合表现严肃的政治内容或搞政治影射。宋人习惯于将严肃的政治内容用诗文来表现，而将词作为"小道"或"艳科"对待。周邦彦的诗文与词的创作情形正是如此。王国维先生就曾认为周词写"悲欢离合、羁旅行役之感"者为多（《清真先生遗事》）。如果将周邦彦那些抒写男欢女爱和伤离感旧之作看成有屈原香草美人之遗意，这不仅不符作者原意，也完全违反北宋人的作词习惯。例如周邦彦的《忆旧游》：

> 记愁横浅黛，泪洗红铅，门掩秋宵。坠叶惊离思，听寒螀夜泣，乱雨潇潇。凤钗半脱云鬌，窗影烛光摇。渐暗竹敲凉，疏萤照晚，两地魂消。　　迢迢问音信，道径底花阴，时认鸣镳。也拟临朱户，叹因郎憔悴，羞见郎招。旧巢更有新燕，杨柳拂河桥。但满目京尘，东风竟日吹露桃。

这是一首代言体的作品，抒情主人公为女性。她追忆当年与情人离别的缠绵悱恻的情景，以之加深目前的相思之苦。下阕的"叹因郎憔悴，羞见郎招。旧巢更有新燕，杨柳拂河桥"。这表明她是一位歌妓，像燕巢一样年年迎新送旧，也像河桥杨柳一样任路人攀折，使她羞见昔日情人，虽然因他而憔悴了。于此揭示了女主人公深刻的情感矛盾和剧烈的内心痛苦。显然这是应歌之作，歌妓们演唱起来是很感动人的。以寄托论词者，以为此词是周邦彦作于元祐时期，表示他不受元祐党人的政治拉拢；住在华屋"朱户"的"郎"，似乎比喻保守派的某人，这人也曾向他招手，希望他改变心肠。但他因对方当权而痛苦"憔悴"，反以"见招"为可羞的事。"旧巢更有新燕"一句，比拟更明显："巢"比喻朝廷，变法派的"旧巢"已经让给保守派的"新燕"了。这样解释，无任何事实上的依据，仅属于一种猜测，而且不能自圆其说。比如词中"临朱户"的本是凭栏相思的女子，却被误解为住在华屋"朱户"的"郎"，于是人称关系全颠倒了。这"郎"又被解释为指保守派的某人，"巢"也就成了"朝廷"的比喻，词中的女性自然就是作者的自喻了。那么，这女性与"郎""两地魂销"的刻骨相思，就应解释为周邦彦与"保守派的某人"相"恋"了，怎能说周邦彦政治立场是坚定的呢？这与张惠言解释温庭筠香艳之词为"感士不遇"是如出一辙的，全然无视作品的本意，纯属附会。清真词的名篇《瑞龙吟》也同样遭到附会。词中的"刘郎"是作者借刘晨或刘禹锡而风流自命之意，如俞平伯先生所说："本事原出《神仙记》，刘、阮入天台遇仙，而词中所谓刘郎者实兼借用唐诗，陈（元龙）注引《刘禹锡集》是也。"[1] 从全词的词意来看，作者并未发挥刘禹锡咏玄都观桃花的政治寓意。以寄托论词者却从"刘郎重到"找到了微言大义，以为周邦彦因变法派倒台而在外飘零十年，保守派不少附从者也在他去后才栽培出来的，这种情形和刘禹锡有点相似。于是整首词便解释为是寄寓变法派在哲宗亲政后再度得势，其中如"定巢燕子，归来旧处"，比喻变法派

---

① 俞平伯《清真词释》，《论诗词曲杂著》第 629 页，上海古籍出版社，1983 年。

像燕子一样，昔年离开政治老巢远去，现在又回来了。这个"归来旧处"的燕子同时又比喻自己，从前是"年年，如社燕，飘流瀚海，来寄修椽"，现在终于"定巢"了。"吟笺赋笔，犹记燕台句"两句，表面上是用李商隐《柳枝》诗的典故，实则指他的《汴都赋》。词中的"旧家秋娘"亦隐约指拟当权的人，按绍圣四年章惇独任宰相，不知道是否指此人。像这样毫无根据的比附，反将词意弄得复杂了，也又留下不少破绽。那"燕子"归来的"旧处"，这"旧处"是坊曲人家即歌楼妓馆，以燕子喻变法派，则将歌楼妓馆喻为朝廷了，岂不荒谬！"燕子"既指变法派，变法派重回朝廷好似刘郎重到，则他曾经爱恋过的"个人痴小"又指谁呢，难道是神宗皇帝吗？《燕台》诗为李商隐少时赠洛中女子柳枝而作。周邦彦重到京都坊曲，怀念旧情而有感于《燕台》诗是很自然的联想，但将它喻为《汴都赋》，则神宗皇帝就会成为柳枝一类的人物了，风韵犹存的秋娘当然就成了宰相章惇的比喻了。哲宗绍述时期变法派得势，周邦彦如果要歌颂变法派完全可以理直气壮，根本不需要采用隐晦曲折的寄托方式。周邦彦如果真像以寄托论词者所说的那样以闺帏之语影射朝廷政治，不伦不类，荒唐可笑，定会犯下大不敬之罪的。周济论词也主寄托，可是他一眼就看出《瑞龙吟》"不过'桃花人面'旧曲翻新"是言男女之情的。周邦彦的《玲珑四犯》约作于绍圣还京之时，比起《瑞龙吟》来并无寄托痕迹可寻。词云：

　　　　秾李夭桃，是旧日潘郎，亲试春艳。自别河阳，长负露房烟脸。憔悴鬓点吴霜，细念想，梦魂飞乱。叹画栏玉砌都换，才始有缘重见。　　　　夜深偷展香罗荐。暗窗前醉眠葱蒨。

浮花浪蕊都相识，谁更曾抬眼。休问旧色旧香，但认取芳心一点。又片时，一阵风雨恶，吹分散。

此词《草堂诗余》和《花草粹编》均题作"春思"，是不甚为人们注意的作品，前人评论周词亦未涉及，但确实是作者抒发春日情思的佳词。全词多用比兴，"秾李夭桃"比喻作者曾恋者之娇艳，借以指代人；以下叙述别后的思念，事隔多年，终于旧梦重温，两情浓挚，然而却不得不匆匆分散。当没有其他任何直接或间接的本事线索之时，只能就词题如此解释。以寄托论词者却发现词中的"浮花浪蕊"，很可能是在影射那些没有操守、钻营谋私利的政客。因为结句"又片时，一阵风雨恶，吹分散"，若与花街柳陌中女子交往，事态必不至于此，可以断定，这乃是借艳情之体以针砭时事。绍圣中新党重新执政后，已非复往昔，内部分裂，钩心斗角，投机钻营者乘时以图进，而正直耿介者却难免做无谓党争与派系倾轧的牺牲品。这样一解释，似乎周邦彦是很清高的，根本瞧不起那些钻营的政客。可是我们不应忘记：他也是在绍述时期以《重进汴都赋表》乘时以进而被擢升为秘书省正字的。从这首词的结尾来看，实际上并无政治寄托，以惊风恶雨对春花的摧残比喻爱情受到某种阻碍而与情人不得不分散，这是传统诗词中惯见的。周邦彦在《拜星月慢》中就有"眷恋雨润云温，苦惊风吹散"，这与"又片时，一阵风雨恶，吹分散"都一样是抒写与情人的分离，并无其他的寓意。词中的"浮花浪蕊都相识，谁更曾抬眼"，是作者向所恋女子表示自己情感的专注，眷念旧情，不为其他浮浪女子所动心。如果将"浮花浪蕊"解释为指政客们，而抒情主人公所眷者被认为是其"坚持始终的思想信念"；那么又如何解释"潘郎亲试春艳"与"夜深偷展香罗荐"呢？这样的解释便在人称关系方面陷入混乱，而对整首词的解释也就自我矛盾了。

北宋的国运从哲宗时便明显地转向衰败了，这时的新法已失去进步与改革的意义；后期的新法派早失去了政治声誉而充分暴露了凶恶反动的面目。以寄托论词者为了美化周邦彦的政治品格，遂从清真词中寻找一些具有政治寓意的比喻，以说明他和后期变法派的决裂。例如认为周邦彦从绍圣四年还朝以后，他不但不趋炎附势，而且对于假借新法之名来进行争权夺利的勾当的当权派非常反感。这一点，在现存的佚诗佚文里看不出来，但在词里却有迹象可寻。他一再以"冶叶倡条"比喻他们。当权派中的投机分子也是朝三暮四没有骨气的人，跟"冶叶倡条"一般，因此周邦彦用来讽刺他们。他为官作宦，不能不同这班"冶叶倡条"混在一起，心情不免矛盾苦闷，对着青山绿水就兴起归隐的念头，于是说"回头谢冶叶倡条，便入钓鱼乐"。如果说周邦彦不愿与后期变法派同流合污并对之进行讽刺，固然可以这样推测，但必须有可靠的事实依据，仅从词中寻找一点似是而非的寄托是难以证明的。"冶叶倡条"本是借柳枝以指娼妓，如写羁旅行役的《尉迟杯》有云："因念旧客京华，长偎傍、疏林小槛欢聚。冶叶倡条俱相识，仍惯见珠歌翠舞。如今向、渔村水驿，夜如岁、焚香独自语，有何人、念我无聊，梦魂凝想鸳侣。"大意是说：作者感念青年时代在京都歌楼妓馆的生活，而今羁旅于渔村水驿之时甚觉无聊，因又思念成梦。如果将词中的"冶叶倡条"认为是比喻后期变法派，便与词情太不相符，作者于"冶叶倡条"实际上并无厌弃之意，却是"梦魂凝想"欲与重欢。周邦彦的《一寸金》也是写羁旅之情的，有云："自叹劳生，经年何事，京华信漂泊。念渚蒲汀柳，空归闲梦，风轮雨楫，终孤前约。情景牵心眼，流连处、利名易薄。回头谢、冶叶倡条，便入钓鱼乐。"词情与《尉迟杯》相似，但对京华往事颇有一点感悟，以为过去流连坊曲致使"利名易薄"，到头来落得薄幸而"终孤前约"；现在词人年事已高，准备谢绝曾经相识的歌妓，去追求一种恬淡的乐趣。如果将这词里的"冶叶倡条"解释为后期变法派，又怎样解释与之联系的"京华信漂泊""终孤前约""旧情牵心眼"呢？何况事实上，周邦彦在绍述时期《重进汴都赋》声援了后期变法派，官运逐渐亨通起来了。

在徽宗朝，周邦彦与蔡京集团是有一定政治关系的。为了否定这种关系，以寄托论者又从五首咏柳的《蝶恋花》中找到了政治寓意。例如认为：猜想词中的"窗牖""亭牖""疏牖"喻朝廷，"骚人手""游人手""先手""柔荑手""东君手"影射把持政权的手，"新雪后""落梅后""人寂后"暗指异己者被排除以后。"渐欲穿窗牖"是势力初起，"苒苒垂亭牖"是势力已成长，"便与春色秀"是权力俨然像个小皇帝，"莺掷金梭飞不透"比喻蔡京集团牢不可破了。所以如此，是因为赵佶昏庸，只知荒淫逸乐，大权就落到蔡京的手上："舞困低迷如着酒，乱丝偏近游人手"，"午睡渐多浓似酒，韶华已入东君手"，就是这个意思。这样的解释也是毫无根据的。《蝶恋花》五首咏柳是有寄托的，寄托了作者惜春、伤别、感旧的情绪，属传统的"体物写志"的方法，试看其第二首：

桃萼新香梅落后。暗叶藏鸦，苒苒垂亭牖。舞困低迷如著酒，乱丝偏近游人手。　　雨过朦胧斜日透。客舍青青，特地添明秀。莫话扬鞭回别首，渭城荒远无交旧。

词用王维《渭城曲》诗意甚为明显。若将"亭牐"解释为喻朝廷，"游人手"为蔡京集团，则"冶叶倡条"的柳枝就应是指徽宗皇帝了。那么，词中的"桃萼新香""暗叶藏鸦""客舍青青"又比喻的是什么呢？既然"大权已落到蔡京的手上"，那么，"客舍青青，特地添明秀"以形容春光大好，是否可比喻为蔡京集团当权时国家熙盛、皇恩如春光浩荡呢？可见要比附或寻找此词的政治寓意只会自我困惑。我们对古人作品的解释由于时代和生活的距离，也由于具体写作背景的模糊，必然带有一些主观的性质。"昔贤往矣，心事幽微"，有的解释也很难确切；但无论怎样的解释总得在一篇之中做到自圆其说，能够讲得通。从以上数例可以说明：以政治寄托来解释周词是不能自圆其说的。近人杨铁夫对于清真词深有研究，他比较清真词与梦窗词时说："清真用意明显，不如梦窗之晦涩；清真用笔钩勒清楚，不如梦窗纵横穿插在若断若续或隐或见之间。"[1] 清真词虽然多用代字，喜融化前人诗句，有典雅的趋向，但许多词作的词意还是易于理解的。刻意寻求清真词的政治寓意，比附穿凿，故弄玄虚，只能使本来可理解的东西变得迷糊起来。

---

[1]　杨铁夫《清真词选笺释·序》，上海医学书局，1932年。

▲春景

蕑山溪 太石

李賀馬詩何日蕑青山

湖平春水菱荇縈舡尾空翠入衣襟 王維山

雨空翠村輕根遊魚驚避

晚來潮上迤邐沒沙痕

四倚雲漸起鳥度屏風裏 李白

周郎逸興黃帽侵雲水

双照楼影刊宋本《片玉集》书影

自宋以来也有少数评论者能较全面地兼顾词的内容来评价周词，例如宋季张炎以为其词"意趣不高远"，"失其雅正之音"（《词源》卷下）；明人王世贞还以为周词"价微劣于柳（永）"（《弇州山人词评》）。我们不能因为周词的艺术技巧高超便奉为圭臬，也不应以为凡对周词有所批评指摘便是不会作词的人说的外行话。且不说指摘周词的张炎是宋季杰出的词人兼理论家，即如近年词家沈祖棻也认为周邦彦"只能给我们留下了一些虽然精美绝伦，但却缺乏重大社会意义的作品"①。他们所说的总可以看作"说的是内行话"。

　　近年对周邦彦佚文佚诗的整理搜集，有功于词学界，使我们能较全面地来研究这位词人，而且可发现这位词人与社会政治还是有密切关系的。但是近年对周邦彦及其词的评价也出现了一种新的倾向，即曲解《汴都赋》的时代背景，夸大它的社会进步意义以证明周邦彦是支持王安石新政的爱国的政治改革者，又以寄托论词来发掘周词的政治寓意而予以过高的评价。周词自身存在着高度艺术技巧与思想平庸、格调低下的深刻矛盾，呈现较为复杂的情况。关于对周词的评价需要我们在全面研究的基础上再进一步的探讨。

---

① 　沈祖棻《宋词赏析》第 130 页，上海古籍出版社，1980 年。

李清照及其词

一

　　词这种文学样式，其主要题材都与女性有关，传统婉约词的
艺术特征也颇具女性的文学色彩，但是在词史上女词人却甚为罕
见。这自然是由于封建社会制度对妇女的种种束缚，使她们失去
在社会和文学中独立活动的机会，她们所有的文学才能很不容易
得到施展，也很不容易为社会所承认。两宋之际先后出现了三位
著名的女词人，即魏夫人、李清照和朱淑真。她们终于为宋代词
史留下新美的一页，这在封建社会中确是难能可贵的。李清照词
在数量、艺术成就和社会影响方面都大大超越了魏夫人和朱淑真
而跻于宋代大词人之列。宋人对李清照的文学才能极为佩服，以
为"若本朝妇人，当推文采第一"（《碧鸡漫志》卷二）。文坛也不
得不承认，由于她"天姿秀发，性灵钟慧，出言吐句，有奇男子
之所不如，虽欲掩其名，不可得耳"（《断肠诗集序》）。这位有良
好而深厚的文化艺术修养的女词人，在词的创作理论方面提出了
"词别是一家"之说，在创作实践中有颇为自觉的女性意识，形成
了艺术风格很独特的"易安体"。李清照词论与词作体现了一种新
的创作倾向，在词史上产生了一定的影响。宋代词苑中因有了妇
女闺秀之作而愈益丰富多彩了。新中国成立以来，李清照的词受

到学术界特殊的重视①，也受到广大人民的喜爱，这表明它是有悠久艺术生命的。

---

① 新中国成立以来出版的宋代词人的词集和资料以李清照的最为完备，计有《李清照集》（中华书局 1962 年上海出版）、《漱玉集注》（王延梯注，山东人民出版社 1963 年）、《李清照集校注》（王仲闻校注，人民文学出版社 1979 年）、《重辑李清照集》（黄墨谷辑，齐鲁书社 1981 年）、《赵明诚、李清照年谱》（黄盛璋，《山东省志资料》1957 年 3 期）、《李清照资料汇编》（褚斌杰等编，中华书局 1984 年）、《李清照研究论文集》（济南社会科学所编，中华书局 1984 年）。

李清照像

二

李清照，自号易安居士；北宋元丰七年（1084）生于济南（山东济南）。父亲李格非是元祐时期继黄庭坚、秦观、晁补之、张耒"苏门四学士"之后的"后四学士"之一，有著名的《洛阳名园记》流传于世。其母亲乃王准之孙女，系出自贵族名门。李清照在这样的诗礼之家，身心、才能和学识都得到正常的良好的发展，所以"自少年即有诗名，才力华赡，逼近前辈"（《碧鸡漫志》卷二）。宋徽宗建中靖国元年（1101），李清照十八岁，与吏部侍郎赵挺之之子赵明诚结婚。时赵明诚二十一岁，为太学诸生。他们夫妇志趣相投，论诗作文，收藏金石图书，婚后的生活十分幸福。但是，北宋后期严酷的统治阶级内部的宗派斗争也无情地影响到这个家庭。宋徽宗崇宁元年（1102），蔡京为尚书左丞，赵挺之为尚书右丞。蔡京等后期变法派对元祐党人再度进行惩处，立元祐党人碑于端礼门。李清照的父亲李格非因与苏轼等人的关系也被列为奸党而遭到贬谪黜罢。数年之后赵挺之死去，蔡京又利用机会陷害赵氏家族，赵明诚被迫回到家乡山东青州。从此李清照夫妇十年屏居乡里。他们在家里的归来堂中共同从事金石图书的收藏和研究，过着恬静和谐的家庭生活。大约在宣和三年

（1121），赵明诚又起用为山东等地方职守。靖康之难（1127）的发生，成为李清照人生历程中的转折点，她的生活发生了意想不到的悲惨变化。金兵攻陷了青州，赵明诚的家园及他们夫妇辛苦收藏的十余屋金石图书化为灰烬。李清照逃难到了江南。南宋高宗建炎三年（1129），赵明诚奉命任湖州（今属浙江）知州，独赴建康（江苏南京），病逝。随即金兵大举南侵，宋高宗等君臣仓皇逃窜海上。李清照避难辗转流离于江浙等地，直到绍兴二年（1132）始定居于杭州。这年夏季，她在病中，神志不清，被诱骗改嫁张汝舟。改嫁后，李清照不堪虐待，不过百日便检举张汝舟妄增举数入官①的违法事实。张汝舟受到朝廷除名编管的处分，夫妻离异。这年李清照四十九岁。此后她避地金华（今属浙江），承受了一位妇女难以忍受的种种残酷打击和毁谤，继续整理赵明诚的遗著《金石录》，孤苦寂寞地度过不幸的晚年，约卒于绍兴二十五年（1155），享年约七十三岁。

　　李清照是有名的才女。她多才多艺，不仅古文、诗、赋、词为时人所称誉，还兼擅书法、绘画，对金石图书之学也深有研究。《李易安集》十二卷在宋时流行②，其中包括《漱玉词》三卷③。这个集子约在元代便散佚了，明末毛晋刊入《诗词杂俎》内的《漱玉词》便只存十七首，近世经王鹏运、赵万里、唐圭璋诸家搜

————————————

①　见陈祖美《关于易安札记二则》，《中华文史论丛》1985 年第 4 辑。
②　宋人晁公武《郡斋读书志》卷四著录《李易安集》十二卷，《宋史·艺文志》著录《易安居士文集》七卷、《易安词》六卷。
③　宋人陈振孙《直斋书录解题》卷二十一著录《漱玉集》一卷，又云"别本分五卷"；黄升《唐宋诸贤绝妙词选》卷十，云李清照有《漱玉词》三卷。

集整理，其词约存四十余首①，可能只剩原词集的三分之一了；另外还残存一些重要的诗文和一篇极其珍贵的《词论》。这样，为我们全面理解李清照的思想和创作提供了较为可靠的依据。

---

① 王鹏运《四印斋所刻词》本《漱玉词》录五十首，补遗七首；赵万里《校辑宋金元人词》录四十三首，附录十七首；唐圭璋《全宋词》录四十四首，附录二十一首；王仲闻《李清照集校注》录四十三首，另附存疑词十四首；黄墨谷《重辑李清照集》录四十五首。王璠有《李清照词真伪考》，《文史》第十三辑，中华书局，1982年。

三

在我国词史上，李清照的《词论》最早较为系统地说明了她对词这种文学样式的艺术特性的理解，并历评五代至北宋以来诸家之词。这在词史上是具有特别重大意义的，而且有助于我们理解李清照的词作和北宋后期词坛的一般趋势。

这篇《词论》是李清照作于南渡之前的[①]，而且应是作于其思想和艺术修养较为成熟的时期，即宣和年间她四十岁的前后。词的发展到北宋后期已经出现多种艺术风格和多种艺术方法竞争的局面，词人之间已经有过一些争论。争论主要集中在对柳词和苏词的评价方面。苏轼曾欣赏柳永某些雅词"不减唐人高处"，又基本上否定其俚俗纤艳之词，规诫秦观不要"学柳七作词"（《高斋诗话》）。关于苏轼改革词体，"苏门学士"中的张耒就曾讥讽说"先生小词似诗"（《王直方诗话》，《苕溪渔隐丛话》前集卷四十二）；晁补之则认为"东坡词，人多谓不谐音律，然居士词横放杰出，自是曲子中缚不住者"（《复斋漫录》，《苕溪渔隐丛话》后集卷三十三引）。"苏门六君子"之一的陈师道对苏词也有贬意，他

---

① 见夏承焘《评李清照的〈词论〉》，《光明日报》1959 年 5 月 24 日。

说："退之（韩愈）以文为诗，子瞻以诗为词，如教坊雷大使之舞，虽极天下之工，要非本色。今代词手，惟秦七（秦观）黄九（黄庭坚）尔，唐诸人不逮也。"(《后山诗话》)很显然，到了李清照的时代，晏殊与欧阳修以小令为主的传统的凝练的表现方法，在长调词作大量流行之后已经较为陈旧了；在士大夫文人看来，柳词过于俚俗粗率；苏轼以诗为词的作法更为坚持传统创作方法的词人所不能接受。李清照从词坛的现实情况和自己关于词的审美观念而提出了对词体艺术的规范。她说：

> 逮至本朝，礼乐文武大备，又涵养百余年，始有柳屯田永者，变旧声作新声，出《乐章集》，大得声称于世；虽协音律，而词语尘下。又有张子野（先）、宋子京兄弟（宋祁、宋庠）、沈唐、元绛、晁次膺（端礼）辈继出，虽时时有妙语，而破碎何足名家。至晏元献、欧阳永叔、苏子瞻，学际天人，作为小歌词，直如酌蠡水于大海，然皆句读不葺之诗尔，又往往不协音律者，何邪？盖诗文分平侧，而歌词分五音，又分五声，又分六律，又分清浊轻重。且如近世所谓《声声慢》《雨中花》《喜迁莺》，既押平声韵，又押入声韵；《玉楼春》本押平声韵，又押上去声，又押入声。本押侧声韵，如押上声则协，如押入声则不可歌矣。王介甫（安石）、曾子固（巩）文章似西汉，若作一小歌词，则人必绝倒，不可读也。乃知别是一家，知之者少。后晏叔原（几道）、贺方回（铸）、秦少游、黄鲁直出，始能知之。又晏苦无铺叙，贺苦少典重；秦即专主情致，而少故实，譬如贫家美女，虽极妍丽丰逸，而终乏富贵态；黄即尚故实，而多疵病：譬如良玉有瑕，价

自减半矣^①。

李清照自视甚高，"历评诸公歌词，皆摘其短，无一免者"。她论词仍主传统"温柔敦厚"的"诗人之旨"；在论唐五代词时，既反对郑卫之声，也不称赏亡国之音。关于本朝之词，李清照对创作中的两种主要倾向都不赞成：一是柳词虽协音律而过于俚俗尘下，一是苏轼以诗为词而又不协音律。从其否定面推断，所谓词"别是一家"主要是指词具婉雅协律的基本特点而区别于诗文等体。在宋代，词体因其具有入乐和娱乐的性质，在艺术表现上也有自己的特点。如果词体的特性丧失了，便意味着它的衰亡。词"别是一家"说在文人词兴起之后抵制词的非音乐化与诗文化的过程中，无疑是有其合理的意义。后来的事实证明：宋词确因非音乐化与诗文化而走向衰亡了。

关于词的音律问题，李清照提出了一系列音韵学和乐论方面的概念，以说明词与诗文的区别。她对这些概念及其运用并无稍为具体的说明，因而给后世词学家造成不少的误解，以致争论不休。其中"五音"与"六律"是古代乐论中的一对概念，以说明作词者必须懂得音乐才可能按音谱填词；"平侧""五声""清浊""轻重"则是中古音韵学的概念，以说明作词在音韵方面有更为特殊的要求，因而难于作诗作文。后来的词学家们根据《词论》中的音韵学概念提出了作词须别四声五音阴阳之说。在音韵学上，"平侧"指字的声调，"平"即平声，"侧"包括上、去、入三声；

---

① 见《苕溪渔隐丛话》后集卷三十三；又见《诗人玉屑》卷二十一。《重辑李清照集》录此文于"乃知别是一家"作"乃知词别是一家"，无校记，不知所据。

"五声"是指字的发音部位——喉、齿、舌、鼻、唇;"清浊"是指字的声母的发音方法,清为阴,浊为阳;"轻重"是指字的韵母的发音方法,合口呼与开口呼。在宋代士子幼小习举业时必须学习声律,仅止于辨识声调,熟悉韵部;至于"清浊""轻重"两组等韵学方面的概念,便非一般文人所能理解的,如果作词得字字考究声母与韵母的发音方法,则几乎是不可能的。从中国音韵学史来看,北宋时期等韵学正在兴起,而且概念较为混乱,若非专门的等韵学家是难于辨识的。词的用韵宽于诗韵,即说明词人作词已经不按《广韵》的韵部了。李清照使用了新兴的等韵学概念,故意夸大作词的难度。如果我们考察宋代名家词,即使词的起句和结句等声韵要求较严之处,它们不仅"清浊""轻重"不相一致,而且四声也不尽同。尤其值得我们注意的是:李清照虽然提出了许多等韵学概念,然而其举例说明时却只限于每词调用韵的平仄和四声的要求。这样的要求,凡是能辨识平仄和熟悉韵部的人都能掌握的,并不很难。从宋人作词的情况来看,这样的要求是较接近创作实际的。

关于词的艺术表现特点,李清照主要是就长调词而言的。她鉴于宋以来诸家之失,主张既要铺叙,又须典重;既主情致,又尚故实。这样的要求是极高极完美的艺术境界,很不易做到。

李清照在成熟时期的创作实践中基本上是按照自己的理论去创作的。她的词与其诗文不仅在题材内容上予以严格的区别,而且在文体风格上也迥然相异。她的词音律非常和谐,至今读起来犹富于音乐性。她在词作里努力追求艺术高境,但与自己的主观愿望是存在一定距离的。虽然她对宋代词人无一特别肯定的,但并不说明在各方面都已超越了其前辈词人。文学史上最后的评价总是较公正的。

《词论》出现在北宋后期并非偶然。它同周邦彦词一样是北宋文化低潮时期的产物，不可避免地受到形式主义纯艺术论的影响，因而论述词体的特点与评论诸家之词均无视其社会功能和思想意义。李清照的时代，词的艺术以周邦彦的创作标志着已达到新的高度水平。《词论》提出的艺术规范，如讲究音律、铺叙而又典重、情致而兼故实，都曾在周邦彦词中体现出来。因此，李清照论词基本上是立足于新的婉约词的立场，表示了这一群词人的艺术见解。可见《词论》的基本出发点和纯艺术倾向都带有极大的片面性质。它是宋词发展过程中一定阶段出现的较为极端的现象，当然其中包含了某些合理的成分。从李清照关于词的理论和创作实践来看，她未能解决词的艺术形式与现实生活内容的矛盾。由于词体产生的特殊文化环境和娱乐的性质，它长期以来与社会现实生活脱节而成为抒写个人私情的工具，缺乏时代感和现实性。苏轼改革词体的主要目的便在于增强词的社会功能，但是其作品在这方面"完璧"甚少；李清照等词人对此极端不满。从苏轼到李清照之间的许多词人都没有在新的历史条件下很好地解决词体的固有特性与社会现实生活的矛盾问题。《词论》正是这种矛盾现象的反映：既否定词体的改革，又未找到新的出路，于是仍回到固守传统"艳科""小道"的旧轨上去。靖康之难以后，许多具有爱国思想情感的词人们，在新的历史条件下，激发了民族情绪，关注国家命运，词体的形式与内容的矛盾在一定程度上得以解决。由于李清照对词"别是一家"的见解及其具体生活环境的限制，使她在靖康之难后也并未完全解决词体怎样去反映社会重大现实问题。南渡以后，词的发展呈现新的特点。以往的词论家已注意到周邦彦对南宋婉约词的影响，但往往忽略了李清照《词论》的影响。南宋的婉约词基本上发展了周邦彦词和李清照《词论》所代表的重音律、求典雅、"别是一家"的艺术倾向。

四

　　两宋之际的许多词人都亲身经历了国破家亡的剧变，他们的生活与思想在靖康之难前后都发生了变化，他们的词作也以靖康之难为限而分为前期和后期。李清照的生活、思想与创作也是如此。

　　北宋后期大晟府词人周邦彦、万俟咏、晁端礼等在青年时代都曾作过许多浮艳之词，或者可以称为侧艳体。这都反映了北宋后期封建统治思想薄弱，封建礼教思想已受到新兴市民阶层意识的冲击。王灼从旧的封建伦理观念认为李清照便是受时代鄙秽风潮影响的代表人物。他认为：李清照"作长短句，能曲折尽人意，轻巧尖新，姿态百出，闾巷荒淫之语，肆意落笔，自古缙绅之家能文妇女，未见如此无顾忌也"（《碧鸡漫志》卷二）。李清照的词散佚很多，从今存的四十余首来看，其中有所谓"闾巷荒淫之语"的是其前期一些具有反封建意识的作品。

　　李清照的少女时代是在文学艺术氛围十分浓厚的、思想较为活跃的仕宦之家度过的。这个家庭环境很有利于她的才能与身心的正常发展，因而在其早年的作品里便为我们留下了天真活泼、性格开朗的少女形象。如《点绛唇》：

蹴罢秋千，起来慵整纤纤手。露浓花瘦，薄汗轻衣透。
　　见客入来，袜刬金钗溜。和羞走，倚门回首，却把青
梅嗅。

初夏季节，这位少女在园中尽情荡着秋千，轻薄的衣衫已被汗水
浸透。由于开始萌生的一种女性的羞涩而非出于礼教的拘束，使
她在客人来到园中时便很快地跑开了。慌忙跑开时"袜刬金钗
溜"，即未来得及穿鞋，只穿着袜子离开，而且头上的金钗也掉落
了。她天真单纯，并不以为这样是很狼狈的，而是觉得有趣。已
经到了园门，并不藏起来，出于好奇，偏要"倚门回首"准备偷
瞧来的是什么客人。她为了装得若无其事一般以掩饰慌乱的心情，
顺手摘下小小的青梅玩弄着。这一系列的形态与动作的描述，很
形象地表现了一位少女真正的个性。它是不完全符合封建社会里
名门闺秀的礼仪规范的。李清照的一首《如梦令》是写她与姐弟
们在家乡济南游大明湖晚归的情景：

　　常记溪亭日暮，沉醉不知归路。兴尽晚回舟，误入藕花
深处。争渡，争渡。惊起一滩鸥鹭。

这次游湖玩得很痛快，直到兴尽，日暮而返。归途中更有诗意：
意外地进入藕花深处，惊起鸥鹭群飞。在落霞的背景中，这奇妙
壮观的景象，会令人愈加沉醉入迷了。封建社会时代，个人存在
的价值是被否定的，尤其是妇女更缺少人格的独立和个性的自由，
被束缚于封建礼教的桎梏。李清照的这两首小词都写的是少女离

开深闺的室外活动，表现出其天真活泼、热爱自由的个性。这与我们常见的传统的闺怨春愁等题材里的妇女形象是不相同的。

封建社会里男女的婚姻的缔结是从门阀或经济利益来考虑的，有时还是作为一种达到政治目的的手段。这种婚姻不是建立在当事人双方的情感的基础上，特别是女方只能采取逆来顺受或委曲求全的态度毫无选择地接受下来。自此她们得与过去的生活告别，失去自己自由的个性而顺从他人。这种婚姻对于男女双方大都是一种因循的沉重的负担。李清照的婚姻却是一个例外，结婚给她带来了真正的幸福，伉俪绸缪，夫妻生活美满和谐。在新的生活环境里，她保持着相对的精神自由，个性、情感和才能都得到了充分发展的机会。这是理解李清照生活与创作的关键。她的《减字木兰花》抒写了新婚后闺中的乐趣：

> 卖花担上。买得一枝春欲放。泪染轻匀。犹带彤霞晓露痕。　　怕郎猜道。奴面不如花面好。云鬓斜簪。徒要教郎比并看。

词里，抒情发主人公将买得的含苞欲放的鲜艳花朵插在云鬓，愈增加了自己的妩媚。她要求丈夫评判一下是花美还是人美。这是故意在丈夫面前撒娇，而且肯定会得丈夫爱怜与称赞的。显然她对自己优美的体态是意识到的，有一种自我陶醉之感。这表现了女子婚后，她的精神没有受到压抑，情感更加外露了。在另一首《丑奴儿》词里，作者少妇的情感更为热烈奔放了。词云：

> 晚来一阵风兼雨，洗尽炎光。理罢笙簧，却对菱花淡淡

妆。　　绛绡缕薄冰肌莹，雪腻酥香。笑语檀郎，今夜纱厨枕
簟凉。

约在夏秋之际，晚来一阵风雨使暑热顿消，夜气凉爽宜人，真是一个难得的良宵。少妇在室内整理好刚用过的筝，临睡前还对镜淡淡梳妆以使姿色更美。她有健康的自觉的女性意识，能充分估计到自己体态和容貌的女性魅力，自然地产生对爱情幸福的追求。这反映了少妇对婚后的生活充满信心而进入了一个沉醉时期，她能从自发的相爱中得到欢乐，寻找到自我。这首词表现的艳情是含蓄的，词语也是很雅致的，尤其是情调健康而不轻薄庸俗，充满了细腻的女性意识。在封建社会中任何真正女性意识的表露都被封建的守旧的文人视为违反妇道和礼教的。封建主义的特点正在于扼杀人性，女性意识正是人性的一个部分。前人在整理《漱玉词》时都以为这首《丑奴儿》"词意肤浅，不类易安手笔"而被列为存疑之词或竟被断定为非李清照的作品。今存的李清照词作，只有这一首才能印证王灼所谓"自古缙绅之家能文妇女，未见如此无顾忌也"。词的结句"今夜纱厨枕簟凉"，这个意象是《漱玉词》中常见的，如"凉生枕簟泪痕滋"（《南歌子》），"红藕香残玉簟秋"（《一剪梅》），"宝枕纱厨，半夜凉初透"（《醉花阴》）。这都可进一步证实它是李清照的作品。如果这首词是其他文人写的，是不会遭到严厉指摘的；由于它是妇女写的，被认为太无顾忌了，太不符合妇女的道德规范了。李清照抒发思念丈夫的词也是较大胆地表达了女性意识，如其名篇《一剪梅》：

济南李清照纪念堂

红藕香残玉簟秋。轻解罗裳，独上兰舟。云中谁寄锦书来，雁字回时，月满西楼。　　花自飘零水自流。一种相思，两处闲愁。此情无计可消除，才下眉头，又上心头。

前人关于此词的评论很多，以为它"离情欲泪"，"香弱脆溜，自是正宗"，但对全词意脉的理解则语焉不详。词中的"兰舟"实为理解全词的紧要之处。词家们将它解释为"木兰舟"，而谓"独上兰舟"即"独自坐船出游"。这样很难理解词意。词的抒情环境是秋夜："红藕香残"暗写季节变化；"玉簟"为竹席，"玉簟秋"即谓竹席已有凉意，体现秋凉；"雁字回时"为北雁南飞之时；"西楼"为抒情女主人公的住处，"月满西楼"说明夜深了。若以为"兰舟"即木兰舟，为什么女主人公深夜要独自坐船出游呢？为什么当其"独上兰舟"时要"轻解罗裳"呢？李清照有一首《南歌子》，词的上阕与《一剪梅》的上阕的抒情环境极相似。其词云："天上星河转，人间帘幕垂。凉生枕簟泪痕滋。起解罗衣，聊问夜何其?"这是写秋夜女主人公在卧室内的情形：帘幕垂下，凉生枕簟，起解罗衣，准备睡眠了。试将两词相较："凉生枕簟"与"玉簟秋"，"起解罗衣"与"轻解罗裳"，"夜何其"与"月满西楼"，意象都极相同或相似。可见两词都是相同或相似的抒情环境，都是写女主人公秋夜准备入睡的情形，所不同者一是独自一人，一是有人相伴——故可"聊问"。此时，她绝不可能独自坐船出游的。因此，"兰舟"只能理解为床榻，是词人别出心裁创造的意义晦涩的词语。"轻解罗裳，独上兰舟"，即是她解去罗裳，独自一人准备睡眠了，在睡眠时感到竹席已有凉意。这时听到雁声，发现月光已照在楼上，更增孤苦凄寂之感。于是词的下阕抒写强烈的离别相思便成为词意发展的必然了。李清照毫不掩饰对丈夫的相思之情。在前期的作品中，李清照表现了对封建礼法和封建妇道的蔑视，大胆地对爱情幸福的追求，反映了封建社会后期妇女人格意识的觉醒。这种反叛封建的思想意识，她敢于以词体表达出来，在当时是需要很大勇气的。

靖康之难以后，李清照后期的词作里表现了种种凄凉痛苦的情绪，词境特别哀婉。南渡之初，宋高宗建炎三年（1129），词人四十六岁，曾在建康（江苏南京）短暂居住，作有《临江仙》：

> 庭院深深深几许？云窗雾阁常扃。柳梢梅萼渐分明。春归秣陵树，人老建康城。　　感月吟风多少事，如今老去无成。谁怜憔悴更凋零。试灯无意思，踏雪没心情。

这是初春作的。"秣陵"即"建康"，这一联属于同对，可证是作于建康的，当时赵明诚守江宁府（是年五月改称建康府）。南渡之后，李清照已有迟暮之感，窗户深扃，对于试灯踏雪等活动已失去兴趣，深深叹息老去无成、憔悴凋零了。这显然是时代的苦难在其个人精神生活中的反映，她再也不是天真活泼的少女或多才多情的风流少妇了。这年八月，赵明诚病卒于建康，无疑对李清照是意外的严重打击。在稍后咏梅词《孤雁儿》里，她寄托了丈夫死后的孤苦心情："小风疏雨潇潇地，又催下千行泪。吹箫人去玉楼空，肠断与谁同倚。一枝折得，人间天上，没个人堪寄。"词人以古代传说的萧史与弄玉的爱情故事比喻她与赵明诚，而今"吹箫人去"即谓明诚已死，留下她孤苦伶仃，无人再与倚楼徘徊。古人有折梅相寄予表思念之情的习俗，而今她折得一枝梅，无论天上或人间，都无处可寄。这表现了孤苦而达到几乎绝望的心情。不久金兵渡江南侵，经过再次的颠沛流离，饱经忧患。接着的改嫁与离异更使这位女词人蒙诟终身，苦不堪言。因此李清照晚年词作里常常流露出一种颇为罕见的悲观绝望的悲痛情绪。如其传世名篇《声声慢》：

　　寻寻觅觅，冷冷清清，凄凄惨惨戚戚。乍暖还寒时候，最难将息。三杯两盏淡酒，怎敌他、晚来风急。雁过也，正伤心，却是旧时相识。　　满地黄花堆积。憔悴损，如今有谁堪摘。守著窗儿，独自怎生得黑。梧桐更兼细雨，到黄昏、点点滴滴。这次第，怎一个、愁字了得。

词一开始以三个奇特的叠字句，表现异常痛苦的精神状态：由孤苦彷徨，感到环境十分寂寞冷清；又由凄惨的心情而发展到悲戚伤痛。连续十四字使用叠字，大大强调了所表达的情绪的程度。以下，作者纯用白描手法以形象来表现悲戚伤痛的情绪。时节已是深秋，"乍暖还寒"，饮一点淡酒为了避寒，也为了麻醉自己；但傍晚的北风所带来的寒冷，将使酒力无效。这写出了环境的冷清与主体的寂寞。风急，雁飞不成行；雁的悲叫，令人伤心。因雁是由北方而来，作者也是北人，故有旧时相识之感。这必然引起关于北方家乡许多往事的回忆，作者暗示了这一点，却未发挥，免使词意枝蔓，以便集中表现现实的情景。词过变的"黄花"的意象，曾在《漱玉词》里出现多次。如果说"帘卷西风，人比黄花瘦"反映了宋人对高雅清瘦之美的追求，而"满地黄花堆积"则是词人对自己命运的象征性写照，已是凋零憔悴了。迟暮的生活寂寞无聊，甚至也不愿沉浸在往事的回忆里，独自在窗下等待天黑，让时光毫无意义地逝去。因为过于孤独，愈觉时光过得太慢，"怎生得黑"？可以想象，如果真正到了黑夜，将会使嫠妇更加难以忍受的。这反映了一种十分矛盾的心情，而却深刻地揭示了嫠妇的孤独与痛苦。黄昏的梧桐细雨，起到了渲染全词情绪的作用，作者突出地表明：这一切景象，绝非一个愁字所能概括得完的，而是比"愁"更深沉的凄惨悲戚了。李清照的《武陵春》也是表现晚年悲观绝望情绪的，词意更为明显：

> 风住尘香花已尽，日晚倦梳头。物是人非事事休，欲语泪先流。　　闻说双溪春尚好，也拟泛轻舟。只恐双溪舴艋舟，载不动、许多愁。

双溪在金华（浙江金华），词是李清照晚年寓居金华作的。她写春愁，却又不同于一般的春愁。春归时节，花已落尽。她不再像当年秋夜"理罢笙簧，却对菱花淡淡妆"，而今感到非常慵倦，无心梳妆了。"物是人非事事休"是她饱经忧患之后对人生的体验，反映出失落的绝望的心情。"欲语泪先流"一句，道出了她难言的痛苦和悔恨，而实际上又无人可与诉说，也无人可以理解。词的下阕纯是虚写，词意较为曲折。虽是暮春，但听说双溪的景色尚好，本来打算乘轻舟去游玩，而最后终因慵倦又放弃了这种打算，担心小小的轻舟，载不起她深重复杂的愁绪。词的结尾以夸张的手法表现其愁之深而多，可能作者有意这样来表示：她的愁绝非一般妇女的闲愁。李清照后期词作里所抒写的个人的痛苦是与那个时代汉民族遭受的灾难有一定关系的。靖康之难不仅给广大汉族人民带来灾难，也给汉族士大夫之家带来灾难。李清照的丈夫突然死去与她改嫁离异之事更增加了她晚年的不幸。她的作品反映了汉族人民所遭受的民族灾难的一个小小侧面，从这方面来看，它是有一定社会意义的。但是其极端消极低沉的情调和局限于个人感伤的狭窄范围又大大削弱了它的社会意义。它虽然反映了这个动乱时代生活的一个小小侧面，却未体现时代的精神。南宋初年，广大人民群众和爱国将领的抗金救国运动才是时代精神的主流。每个作家总是按照自己独特的方式和特殊的视角反映现实生活的。李清照能以自己独创的艺术风格写出许多优秀作品，这是应当肯定的。我们没有权利要求她一定得表现抗金救国的时代精神，但在评价其词时必须看到这种局限，而不应过分夸大其社会意义，甚至以为它表现了时代精神或反映了当时的阶级矛盾和民族斗争。

对故乡和故国的怀念，在李清照后期词作里时有流露，例如咏芭蕉的《添字丑奴儿》：

窗前谁种芭蕉树，照满中庭。阴满中庭。叶叶心心，舒展有余清。　　伤心枕上三更雨，点滴霖霪。点滴霖霪。愁损北人，不惯起来听。

这应是作者南渡之初的作品。芭蕉本是南方园林植物，夜雨滴落在蕉叶上，会令愁人难寐，引起凄凉的情感。它细碎而断续的声音，尤其使北方人感到很不习惯。"愁损北人"，写出了客寓他乡的寂寞愁闷，暗示了作者经历靖康之难后逃到了江南，也包含了对北方故乡的眷念之情。李清照初到江南，暂居建康，于"上巳召亲族"聚会，商议一些事情。她作的《蝶恋花》词有云："永夜厌厌欢意少，空梦长安，认取长安道"。长安为古代汉唐帝王之都，以借指北宋都城东京。"空梦长安"是直觉地感到自北宋灭亡后，故都已难收复；想念故都，只有梦魂归去。"认取长安道"是梦魂还认得回故都的道路。这都可见印象之深和思念之切了。对故都怀念的情感，自然是作者爱国思想的表现。李清照晚年的元宵词《永遇乐》较为深刻地表达了怀念故国的情感。词云：

> 落日熔金，暮云合璧，人在何处？染柳烟浓，吹梅笛怨，春意知几许？元宵佳节，融和天气，次第岂无风雨。来相召、香车宝马，谢他酒朋诗侣。　　中州盛日，闺门多暇，记得偏重三五。铺翠冠儿，拈金雪柳，簇带争济楚。如今憔悴，风鬟霜鬓，怕见夜间出去。不如向、帘儿底下，听人笑语。

初春的黄昏，晚霞满天。经过多年流离而客寄他乡的女词人感到归宿渺茫，发出人在何处的叹息。对春意到来的怀疑，对气候乍变的担心，表现了她已厌倦一切事物，因而谢绝了酒朋诗侣的相邀。这晚正是传统的元宵佳节，词人无心去观灯，宁愿沉溺在往事的回忆里。都城元宵，妇女们更是风流济楚，盛饰一新。据陈元靓说："都城仕女有插戴灯球灯笼，大如枣栗，如珠茸之类。又卖玉梅、雪梅、雪柳、菩提叶及蛾峰儿等，皆缯褚为之。"（《岁时广记》卷十一）这些热闹景象似乎都历历在目，词人难忘，"中州盛日"，妇女们在灯夕的乐趣。人们的爱国思想情感，总是有丰富具体的内容。这种情感在特定环境下总会产生联想的。而今李清照在孤苦客寄的情形下，自然会在元宵时联想起"中州盛日"的情景；这是她爱国情感的流露。她的幸福也是与"中州盛日"相连的，现在一切都成往事了，仅凭回忆往事而痛苦地生活着。她不仅对一切热闹场面不感兴趣，更"怕见夜间出去"，独自在帘下听人笑语，然而她是不会再笑的，也不愿妨碍别人了。作者未再表示"凄凄惨惨戚戚"，却以形象更婉曲地表达了绝望的悲戚。它使人们见到一位杰出的才女在封建社会和民族灾难中的悲惨命运。

李清照后期的词作以个人抒情的方式表达对故乡和故国的怀念，其词的高度艺术成就使所表达的爱国情感十分动人，受到历来人们的称赞。与当时词坛爱国主义运动的潮流比较，李清照词里的爱国情感过于消沉微弱，不能反映时代精神，也缺乏民族情感。李清照是我国文学史上杰出的女词人，却无必要一定要给她以爱国词人的桂冠。她对于诗与词这两种文学样式有自己的见解：在诗歌里较鲜明地表现爱国主义思想，接触重大社会现实题材；在词里却只抒写个人生活的感受。这种情形一方面说明宋人关于词体的传统观念的牢固，另一方面也反映了自苏轼改革词体以来，词的内容与形式所显示出的矛盾尚未很好解决，以致一些南渡的优秀词人也未找到以词来反映社会现实的最佳途径。宋词发展过程中的这一任务，将由南宋初年一群爱国词人发展苏轼所开创的豪放风格来完成。

李清照故居的漱玉泉

五

  宋词的发展自晏殊以来逐渐增加了自我抒情的成分，作者的个性在作品中得到了真实的表现。但是传统的代言之作与应歌之作在某些词人的创作里仍占较大的比重；而且自苏轼以诗为词以来，应酬、赠答与游戏之作也渐渐增多了。李清照关于词体有自己独特的见解，在《词论》里虽未言及词的社会功能和题材范围问题，可是从其创作实践来看，她是将词作为抒写个人性情的工具的。她的创作态度极其严肃，能敏锐地见到北宋诸词人的得失而追求着词的最高艺术境界，努力将自己的真情实感以最完美的艺术形式表现出来。郑振铎先生说："我们很不容易在中国的诗词里，找到真情流露的文字。他们为游戏而作，为应酬而作，多半是无病而呻的作品。其真为诚实的诗人，真有迫欲吐出的情绪而写之于纸上者，千百人中，不过三四人而已。李清照便是这最少数的真诗人中的一个。……她的词则都是从心底流出的。"[①]《漱玉词》是李清照一生从少女、少妇直到晚年的心理的情感的真实写

---

① 郑振铎《李清照》，原载《小说月报》十四卷三号，见《郑振铎古典文学论文集》第 269 页，上海古籍出版社，1984 年。

照，对传统的闺秀词作了许多新的开拓，在艺术上取得了卓越的成就。

李清照在词里所使用的语言是当时流行的白话和口语，经过选择提炼而成为很有特色的文学语言。北宋前期，柳永也以白话口语入词，但如李清照所指摘的那样"词语尘下"，颇为俚俗。她的词语浅近却又含蓄雅致，如清人刘体仁说："惟易安居士'最难将息'、'怎一个愁字了得'深妙稳雅，不落蒜酪，亦不落绝句，真正此本色当行第一人也。"（《七颂堂词绎》）刘氏所引的词语都属日常生活中习用的语言。宋人张端义谈到李清照的《永遇乐》，以为它"皆以寻常语度入音律"；又说："炼句精巧则易，平淡入调者难。"（《贵耳集》卷上）这都指出了其词语言的基本特点。如其《转调满庭芳》在暮春时节，回忆早年对生活充满了信心，有浓厚的酒意诗情，而结尾时词意忽然逆转："如今也，不成怀抱，得似旧时那？"这曲折地表现了迟暮慵倦的情绪。《凤凰台上忆吹箫》的"生怕离怀别苦，多少事、欲说还休"，写出了思妇的矛盾心理。她压抑自己的思念之情，虽然强忍不说"离怀别苦"，而实际上又在词里表达了离情别绪。咏七夕的《行香子》写当晚天气阴晴不定，"甚霎儿晴，霎儿雨，霎儿风"，致使牵牛织女一年一度的佳期虚过，造成憾事。这些表现力很强的语句都是用的寻常语。李清照那些经过锤炼的精巧工致的文学语言也有浅近易懂，自然贴切的特点。如《浣溪沙》的结句"黄昏疏雨湿秋千"，写出了"淡荡春光寒食天"时庭院黄昏的幽静景象。另一首《小重山》也写庭院黄昏，却是景色朦胧、优雅迷人："花影压重门，疏帘铺淡月，好黄昏。"这些语句都是自然而无斧凿痕迹的。李清照时常在作品里自铸新的词语，尖新优美，表现出她的才华横溢。如

"被翻红浪"（《凤凰台上忆吹箫》）、"绿肥红瘦"（《如梦令》）、"宠柳娇花"（《念奴娇》）、"落日熔金"（《永遇乐》）等词语，都为宋以来许多文人深深佩服。《声声慢》连用十余字叠字，就更为许多文人叹为奇绝了。"轻巧尖新，姿态百出"是《漱玉词》语言的显著特色。

在艺术表现方面，李清照的小令多使用白描的手法，长调则继承了柳永以来的铺叙的手法。如小令《如梦令》（"常记溪亭日暮"）写游湖晚归的情形，《点绛唇》（"蹴罢秋千"）写少女天真活泼和娇羞的情态，《减字木兰花》（"卖花担上"）描述少女在丈夫面前撒娇的情形，都纯用客观细致的白描，通过生动的形象真实地表现出作者隐微的情绪。李清照抒写离情别绪的长调词习惯用铺叙的手法描述环境氛围和表现复杂的情感。《凤凰台上忆吹箫》词的开始描述女主人公晨起倦怠的心情："香冷金猊，被翻红浪，起来慵自梳头。任宝奁尘满，日上帘钩。"兽形炉里的香烬早已熄灭，尚无人换上新香；妆奁已经灰尘积满，可见久已未梳妆打扮；太阳已升上帘箔，暗示起身太迟了。这些现象都说明女主人公的愁病状态，为表现其"新来瘦"作了铺垫。《声声慢》表现黄昏时愁绪也作了几层铺写：独自"守着窗儿"，十分无聊，难以挨到天黑；秋风梧桐本已令人感到凄凉，又更兼细雨，黄昏的细雨点点滴滴。这层层的描写都加深了悲戚孤苦的情绪。当然铺叙在某种情形下也属白描的，只是这种描述更为细致、更有层次。这样客观而细致的表现方法，使作者所要表达的思想情感隐没在艺术形象后面，词意含蕴曲折。

明刊《诗余画谱》李清照《如梦令》词意

在词的构思方面，漱玉词显得最为纤巧。如果说柳永词一般是写得有头有尾的，李清照则习惯于写生活中的一个横断面，表现片时的意绪。她善于通过细致的形象将片时的意绪作深入的发掘，直到最后揭示作品的主旨。其词的结构具有单纯、纤细、曲折的特点。如名作《如梦令》：

> 昨夜雨疏风骤。浓睡不消残酒。试问卷帘人，却道海棠依旧。知否，知否？应是绿肥红瘦。

词写暮春晨起时室内短暂的情景。夜来的雨疏风骤，暗写了春归时节。抒情女主人公"宝帐鸳鸯春睡美"，所以"浓睡"起来尚觉酒意未全消，故起得较迟了。起两句由昨夜过渡到晨起。"试问卷帘人"使词意转折，向词的主旨发展。"卷帘人"当是她的丈夫，他先起卷帘；"试问"是试探性的发问，大约是新婚不久，尚不谙他的脾气，故以小事试探。如果认为卷帘人是婢女，那便不用"试问"了，而婢女的回答也不用"却道"而应用"报道"。问的何事被省略了，但从上下文可推知所问的是：经过夜来风雨，帘外的海棠花怎样了？卷帘人的回答令她不够满意。词的结尾又一转折，词意翻新，她提出令卷帘人感到意外的深刻的意义。告诉他：由于春归，"应是绿肥红瘦"，即红花凋谢，绿叶成荫了。以此提醒他应注意事物微妙的变化。这位才女的非凡意趣，当使其丈夫折服的。"绿肥红瘦"本是春夏之际符合自然规律的现象，但是否还隐藏着有新婚后女性由于心理的变化而对青春惋惜的意义呢？这首小词构思特别，语意皆新，故清人以为"短幅中藏无数曲折，自是圣于词者"（《蓼园词话》）。李清照的《念奴娇》在其长调词结构中也是很有代表性的。词云：

> 萧条庭院，又斜风细雨，重门须闭。宠柳娇花寒食近，
> 种种恼人天气。险韵诗成，扶头酒醒，别是闲滋味。征鸿过
> 尽，万千心事难寄。　　楼上几日春寒，帘垂四面，玉栏干
> 慵倚。被冷香消新梦觉，不许愁人不起。清露晨流，新桐初
> 引，多少游春意。日高烟敛，更看今日晴未？

词写春日早晨，女主人公欲起床时的瞬间意识。这首词大约作于
作者屏居乡里期间，在艺术上很成熟了。当时赵明诚又出仕，李
清照独居乡里，临近寒食，心情很烦恼。上阕先写"种种恼人天
气"是引起烦闷的原因。作险韵诗最费心伤神，饮扶头酒则易醉
难醒。在这两种富于刺激性的活动之后愈觉闲闷无聊。对丈夫的
思念，"万千心事难寄"，道出了心情烦恼的根本原因。词的下阕
抒写烦恼情绪影响下的复杂情感。因气候不好，无心倚楼玩赏，
直待到"被冷香消新梦觉"才勉强起身。这里点明了抒情的具体
时间和环境。至此，词意忽然一转，因发现"清露晨流，新桐初
引"，空气清新，生机盛旺，遂引起浓厚的游春之意。这两句用
《世说新语》的成语，极其自然，不见痕迹。词的结尾又出现转
折。既然游春之意已浓，就应去踏青了，但却又迟疑起来，"且看
今日晴未"，再作决定。这将中年思妇的精神状态描写入微，从各
方面层层地表现其相思之苦而致心烦意乱，难以排遣。词意反反
复复都是按照主体意识的过程展开的，层次较为清楚。因这首词
立足于片时的意识，选取了生活横断面上的一个小点，虽然无头
无尾却是一个完整的艺术作品。它不同习见的结构组织方式，以

致前人感到"此词造语，固为奇俊，然未免有句无章"（《词综偶评》），意谓其没有严密的章法。这是对漱玉词结构的不理解，也侧面说明了其结构的特点。李清照的咏梅词《满庭芳》在结构方面也是很有特点的。词云：

> 小阁藏春，闲窗锁昼，画堂无限深幽。篆香烧尽，日影下帘钩。手种江梅渐好，又何必，临水登楼。无人到，寂寥浑似，何逊在扬州。　　从来，知韵胜，难堪雨藉，不耐风揉。更谁家横笛，吹动浓愁。莫恨香消雪减，须信道、扫迹情留。难言处，良宵淡月，疏影尚风流。

作者咏物词里以咏梅的最多，此词后人补题为"残梅"。词的起笔与词题好似无关，但却描述了一个特殊的抒情环境。作者首先写出她住处的寂寞无聊："小阁藏春，闲窗锁昼，画堂无限深幽。""小阁"即小小的闺阁，这是妇女的内寝，表示窗的内外俱是闲静的。"藏"与"锁"互文见义。美好的春光和充满生气的白昼，恰恰被藏锁在这狭小而闲静的圈子里。词语之间流露出妇女被压抑的情绪。古时富贵之家的内寝往往与厅堂相连接，小阁在画堂的里侧。春光和白昼俱藏锁住了，暗示这里并未感到它们的存在，因而画堂显得特别的深幽。深幽，言其堂之深邃、暗淡、静寂。作者是习惯这种环境的，似乎还满意于它的深幽。古人爱尚雅洁的都喜焚香。篆香是古代的一种高级盘香，径有二三尺。它被烧尽，表示整日的时光已经流逝，日影已经移上帘箔，黄昏将近了。从描述的小阁、闲窗、画堂、篆香、帘箔等来看，抒情主体是生活在上层社会中的妇女，富贵安闲，但环境的异常冷清寂静也透露了生活中不幸的消息。"手种江梅渐好"是词意的转折，开始进入咏物的本题。抒情主体于黄昏临近之时步出室外，见到亲手种的红梅，产生了一种亲切而喜悦的心理。它的"渐好"也能给种树人以安慰。欣赏自己手种的红梅，可能会有许许多多的往事的联想，因而没有必要再去"临水登楼"赏玩风景了。除了对梅花的特殊情感之外，心情慵懒，对许多应赏玩的景物都失去了兴致。由赏梅而联想到南朝诗人何逊迷恋梅花之事，使词意的发展渐向借物抒情的方面过渡，进入作者所要表达的主旨。何逊（约480—520）是南朝梁代著名的诗人，他的诗情词婉转，辞意俊美，深为后来的诗人杜甫和黄庭坚等所赞赏。词人在寂寥的环境里面对梅花，遂有与何逊身世某些共鸣之感。词人善于摆脱一般咏物之作胶着物态、敷衍故实的俗套，而是联系个人身世之感抒发对残梅命运的深深同情。虽然红梅盛开之时也相对地是色泽美艳的，但作者并不欣赏这点，而是注意发现它零落后所显示的格调意趣。它"难堪雨藉，不耐风揉"。"藉"与"揉"也是互文见义，有践踏摧损之意。梅花虽不畏寒冷霜雪，它毕竟是花，仍具花之娇弱的特性，因而也难禁受无情风雨的践踏与摧残。由落梅的命运使作者产生种种联想，于是词意的发展呈现非常曲折的状态。作者试图进行自我排解，于是词意又发生转变。宋初诗人林逋《山园小梅》有"疏影横斜水清浅，暗香浮动月黄昏"的名句，刻画梅花的形象得其神态。梅花的暗香消失，落花似雪，说明其飘零凋谢，丰韵不存。这本应使人产生春恨的，迁恨于春日风雨的无情。但作者以为最好还是"莫恨"，"须信道、扫迹情留"。"扫迹"即踪迹扫尽，难以寻觅。虽然遗踪难寻，而情意长留。结尾的"难言处、良宵淡月，疏影尚风流"，是补足"情留"之意。"难言处"

是对下阕所表现的情感的概括，似乎还有与作者身世的双关的含意。这是一个美好的夜晚，淡淡的月光投下梅枝横斜俊俏的姿影，这姿影还保存着梅的风流，应是它扫迹后留下的一点情意：明年它又会重开并带来春的信息。结句是非常精警的，突出了梅花之格调意趣高雅的特点，它赞美了一种饱历苦难折磨之后依然孤高自傲并保存着信心和高尚的精神品格。这是作者经历了靖康之难后，承受了各种人生打击，而在咏残梅词里暗寓了身世之感。词的抒情色彩十分浓厚，达到了情景交融的地步，难辨它是作者的自我写照还是咏物了。这首词同李清照那些抒写离别相思和悲苦情怀的作品一样，词意深婉而曲折、音调低沉谐美，富于女性美的特征，最能体现其基本的艺术特色。

如果我们要寻求李清照异于其他词人的基本之点，当是这位女词人在作品里"写出妇人声口"（《草堂诗余隽》卷一）。她以妇女的语气真实地反映了妇女的生活，精细地描述了妇女的心理状态，巧妙地表达了妇女的思想情感；这与文人们模拟妇人声口的代言体有着很大的区别。李清照词在语言、表现技巧和艺术构思等方面都具有天然的柔婉纤细的女性特征。如她最负盛名的句子"莫道不销魂，帘卷西风，人比黄花瘦"，清人王闿运以为："此语若非出自女子自写照，则无意致。"（《湘绮楼词选前编》）宋代词人多有将"人"与"瘦"联系起来构成一个文学意象，反映出追求淡雅清瘦的审美趣味，如"人与绿杨俱瘦"（无名氏《如梦令》）、"人瘦也，比梅花，瘦几分"（程垓《摊破江城子》）、"人共博山烟瘦"（毛滂《感皇恩》）等，但只有李清照的名句才推为绝唱。"黄花"即指菊花，它高洁淡雅，格调非凡。深秋的黄昏，美人帘卷西风，神态格调有如菊花之美，能不令人销魂动魄吗？在唐人看来韵盛为美，故喜肥艳的牡丹；在宋人看来格高为美，故喜清瘦的梅与菊。"瘦"的病态美是宋人审美标准之一，所以李清照的《醉花阴》词寄与丈夫赵明诚之后，深为"明诚叹赏"，而"人比黄花瘦"的意象尤使他感动。其中包含着李清照无限相思之意，唤起他强烈爱怜情愫。这个新美的意象是出自女性细心的艺术联想和感情体验而形成的，它所达到的绝佳艺术境界，远非写代言体的文人能够企及的。

自南宋以来便有人模拟李清照词的艺术风格而作词，号称"效易安体"。侯寘的《眼儿媚·效易安体》和辛弃疾的《丑奴儿近·博山道中效李易安体》都模拟妇人声口表现柔婉纤细的风格。但从侯寘、辛弃疾到清初的王士禛、彭孙遹等词人的这类作品基本上都是失败的，显得故作状态，极不自然。因为女性的易安体很不易学，所以李清照词虽然艺术成就很高，但在南宋词坛的影响是很小的，远不及周邦彦与姜夔对南宋词的影响。

李易安

南歌子

天上星河转，人间帘幕垂。凉生枕簟泪痕滋。起解罗衣聊问夜何其。翠贴莲蓬小，金销藕叶稀。旧时天气旧时衣。只有情怀不似旧家时。

转调满庭芳

芳草池塘，绿阴庭院，晚晴寒透窗纱。……金钩……管是……寂寞尊前席上，惟……情绪……龙骄马……流水轻车……内……愉才……满衣花……

如今也……不成怀抱，……似旧时那……

渔家傲

天接云涛连晓雾，星河欲转千帆舞。仿佛梦魂归帝所。闻天语，殷勤问我归何处。我报路长嗟日暮，学诗谩有惊人句。九万里风鹏正举。风休住，蓬舟吹取三山去。

如梦令

昨夜雨疏风骤，浓睡不消残酒。试问卷帘人，却道海棠依旧。知否，知否？应是绿肥红瘦。

又

古抄本《乐府雅词》之李清照词

六

在李清照词中除了柔婉纤细风格的作品之外，尚有少数作品具有疏隽健举风格的，最有代表性的是她的纪梦之作《渔家傲》：

> 天接云涛连晓雾，星河欲转千帆舞。仿佛梦魂归帝所，闻天语，殷勤问我归何处。　　我报路长嗟日暮，学诗谩有惊人句。九万里风鹏正举，风休住，蓬舟吹取三山去。

词全写作者超凡遗世的幻想，反映出由于个性被压抑的苦闷而对自由与崇高的艺术境界的追求。天与云涛晓雾连接，群星好似帆船在星河飞舞，大鹏乘万里长风高举，飞蓬似的小舟吹向海上仙山：这全是神奇宏伟的意象。词的音节急促，语言流畅，富于浪漫的想象，这些都与李清照那些抒写离别相思的柔婉之作在风格上有显著的区别。近世梁启超认为："此绝似苏辛派，不类《漱玉集》中语。"(《艺蘅馆词选》乙卷)《漱玉词》里充满豪情逸兴之作仅此一首，而风格相近的还有几首，如这样一些句子："不如随分尊前醉，莫负东篱菊蕊黄"(《鹧鸪天》)，"风度精神如彦辅，太鲜明"(《摊破浣溪沙》)，"居士擘天真有意，要盼风味两家新"

（《瑞鹧鸪》），"骚人可煞无情思，何事当年不见收"（《鹧鸪天》）：它们都是疏隽健举的，全失去女性作品柔媚的特点，个别的还有"句读不葺"之嫌。这少数作品，主要是词人前期约在屏居乡里的十年间所作的，受了北宋中期以诗为词风气的影响。但是这少数的几首词在李清照整个词的创作过程中并未居于主要地位，也不能体现其基本的艺术风格，仅仅可以说明这位词人艺术风格还是较为丰富的。如果片面地夸大这些少数作品的意义，以为就是继承苏东坡的横放，下开南宋稼轩、放翁一派：这无疑与宋词发展的真实情况相去太远了。从苏轼到辛弃疾的出现，豪放词的渊源与继承都表现出反对传统的倾向，在宋词的发展中属于"别调"。李清照的词论其渊源是与柳永、秦观、周邦彦有密切关系的；被誉为"婉约正宗"的易安体，它与苏辛的豪放词并不存在什么联系。它们二者之间的差别真是太大了。清代词家陈廷焯说："李易安词，独辟门径，居然可观。其源自淮海（秦观）、大晟（周邦彦等）来，而铸语则多生造。妇人有此，可谓奇矣。"（《白雨斋词话》卷二）这关于李清照词的评价是较为公允和确切的。

李清照对词的理论和词的艺术都做了特出的贡献。她的《词论》是最早对唐以来词人的评论并表示了对词体艺术特性的见解，提出了词"别是一家"之说。她的见解独到而深刻，包含了许多合理的因素，对南宋词的发展产生了较大的影响。她在自己的创作实践中以"妇人声口"表现了我国封建社会后期上层妇女的生活与思想情感。在其前期的词作中描绘了天真活泼、个性鲜明的女性形象，表现了对爱情幸福的强烈追求，有一定反封建的意义。在其后期的词作中从一个很小的侧面反映了靖康之难后的动乱时代，通过个人遭遇的不幸，间接表现了汉族人民的苦难，流露出怀念故国的爱国情感。李清照的创作态度严肃，大胆进行艺术创新。她以浅近平易的白话提炼为精巧工致的文学语言，大量使用口语并自铸新的词语；继承和发展了柳永、周邦彦以来的白描和铺叙的表现方法；采用了单纯、纤细、曲折的艺术结构方式；因此形成了柔婉纤细的艺术风格，创造了富于女性特征的易安体，在宋词中独树一帜。这标志了北宋以来婉约词艺术又达到了一个新的高度。李清照表现了我国古代妇女深厚的文学艺术修养和非凡的才华，其词的成就曾令古往今来无数文人佩服，因而被认为是"压倒须眉"的杰出的女词人。